바다의 선물

바다의 선물

앤 모로 린드버그 지음

김보람 옮김

북포레스트

차례

Prologue 11

바닷가 17

소라고둥 23

달고둥 43

해돋이조개 69

굴 87

아르고노트 101

조개 몇 개 125

바다를 떠나며 137

Epilogue 147

Prologue

나는 내 생활 패턴, 삶의 균형, 일과 인간관계를 돌아볼 심산으로 이 책을 쓰기 시작했다. 그리고 손에 연필을 쥐고 있을 때 가장 생각이 잘 되는 터라 글쓰기의 시작은 자연스러웠다. 내 안에서만 존재하던 상념이 처음으로 종이 위에 뚜렷이 펼쳐지자 그동안의 내 경험이 다른 사람들과는 매우 달랐구나 싶은 생각이 들었다. (누구나 이런 착각 속에서 살고 있는 것일까?) 어떻게 보면 나는 대부분의 사람들보다 더 자유로웠고, 또 어떻게 보면 훨씬 자유롭지 못했다.

처음에는 모든 여성이 새로운 삶의 패턴을 바라거나 사색할 수 있는 자기만의 시간을 바라는 건 아니라고 생각했다. 현재 자신의 삶에 만족하는 여성들도 많았으니까. 그리고 겉보기에 그들은 나보다 훨씬 더 훌륭하게 삶을 살아가는 듯했다. 잘 빚은 도자기처럼 매끄럽게, 빈틈없이 흘러가는 그들의 완벽한 나날을 나는 부러움과 경탄 어린 눈으로 관찰했다. 그들의 삶에는 아무런 문제도 없었던 것일까, 아니면 이미 오래전에 해답을 찾아낸 것일까? 나는 이 문제가 그저 나에게만 중요하고 흥미로운 일이라는 결론을 내렸다.

그러나 글을 쓰면서 자기 힘으로 살아가는 여성들, 취업을 희망하는 여성들, 가정주부 및 어머니로서 부지런히 일하는 여성들 그리고 비교적 여유롭게 살아가는 여성 등 다양한 모습의 여성들과 대화를 나누어 보니, 내 관점이 특별한 게 아니라는 사실을 알게 되었다. 많은 여성뿐만 아니라 남성들도 서로 다른 환경에서 다양한 형태로, 그러나 본질적으로는 나와 동일한 문제로 씨름하고 있다는 사실을, 그리고 토론과 논쟁을 통해 해결책을 찾고 싶어한다는 사실을 알게 되었다.

심지어 미소 띤 얼굴로 시곗바늘처럼 일정하고 차분한 삶을 사는 듯 보이는 사람들도 나처럼 창조적인 휴식과 개인의 욕구 충족을 바라며, 타인은 물론 자신과도 새롭고 활발한 관계를 형성하기 위해 애쓰는 경우가 많았다.

그렇게 이 책은 남녀 간의 대화와 논쟁, 새롭게 알게된 사실

들로 채워졌고, 결국 내 개인적인 이야기를 넘어서게 되었다. 이런 까닭에 내게 다양한 견해와 영감을 나누어준 수많은 이들에게 이 글을 돌려주기로 마음먹었다. 여기, 나와 같은 길을 걷는 모든 이들에게 따뜻한 감사와 우정을 담아 내가 받은 바다의 선물을 돌려드린다.

바닷가

바닷가는 책을 읽거나 글을 쓰거나 사색할 만한 장소가 아니다. 바다에 처음 오는 것도 아닌데, 이쯤은 진작 알고 있었어야 했다. 정신 수양을 하거나 거창한 포부를 다지기에 바닷가는 너무 따뜻하고, 너무 촉촉하고, 너무 보드랍다. 어찌 이토록 학습이 안 되는 것일까? 우리는 꼭 몇 권의 책과 새 노트, 오랫동안 답장을 보내지 않은 편지, 방금 깎은 연필 몇 자루, 할 일 목록 그리고 멋진 다짐을 가득 담아 울룩불룩해진, 빛바랜 밀짚 가방을 메고 바닷가로 향한다. 그러나 가져온 책들은 끝내 들춰보지 않은 상태로, 뾰족했던 연필심은 모두 부러진 상태로, 노트는 여전히 구름 한 점 없는 하늘처럼 깨끗한 상태로 남는다. 바닷가에서는 읽거나 쓰는 것은 말할 것도 없고 사색에 잠기는 일조차 뜻대로 되지 않는다. 적어도 처음에는 그렇다.

처음엔 지친 몸이 축 늘어져 아무것도 하지 못한다. 마치 갑판에 올라탔을 때처럼 멍한 상태에 빠져 접이식 의자에 몸을 맡긴다. 마음과 달리, 굳은 다짐과 달리, 바다의 원시적 리듬에 자꾸만 빠져든다. 파도의 너울, 솔숲을 가르는 바람, 모래언덕을 가로지르는 왜가리의 우아한 날갯짓이 도시의 바쁜 소음과 빡빡한 스케줄을 잠재운다. 아름다움에 취해 긴장이 풀리면 이내 모랫바닥에 배를 깔고 엎드려 기지개를 켠다. 파도가 다져 놓은 모래밭에 누워 그렇게 바다와 하나가 된다. 오늘의 물결로 지난날의 모든 흔적을 말끔히 지워낸 해변처럼 꾸밈없이 텅 빈 상태로.

그렇게 2주쯤 보내고 나면, 어느 날 아침 머리가 맑아지고 활력이 돈다. 도시의 감각이 아닌 바닷가의 양식으로 말이다. 내 정신도 바다의 잔잔한 물결처럼 느긋하게 흐르고, 일렁이고, 굽이치기 시작한다. 한가롭게 일렁이는 무념이라는 파도가 의식이라는 고운 백사장에 어떤 보물을 떠밀어다 줄지는 아무도 모른다. 아주 매끈한 조약돌을 가져다줄지, 해저에서 올라온 진귀한 조개껍데기를 가져다줄지. 소라고둥이나 달고둥, 어쩌면 아르고노트를 가져다줄지도 모른다.

그러나 이런 보물을 찾아내려 하거나 파내려고 해서는 안 된다. 얼토당토않은 일이다! 바다 밑바닥을 헤집는 건 절대 안 된다. 모든 일이 허사로 돌아가고 말 것이다. 바다는 지나치게 불안해하거나 욕심이 과하거나 너무 조급해하는 이에게는 선물을 내어주지 않는다. 보물을 캐겠다고 나서는 건 조급함과 욕심을 드러내는 행위이며, 신념의 결핍을 나타낸다. 인내, 인내, 인내야말로 바다가 주는 가르침이다. 인내와 신념. 바다처럼 꾸밈없이 모든 것을 비우고, 어떤 선택도 하지 않은 채 그저 가만히 바다의 선물을 기다려야 한다.

소라고둥

내가 들고 있는 고둥은 버려진 것이다. 한때는 달팽이처럼 생긴 고둥이 살았을 것이고, 첫 주인이 죽은 뒤로는 자그마한 소라게의 임시 거처로 쓰였을 것이다. 이제 소라게는 모래밭에 덩굴 모양의 옅은 흔적만 남겨 놓고 떠났다. 그러면서 내게 빈 고둥을 남겨준 것이다. 한때 소라게의 보호막이었을 빈 고둥. 나는 손바닥에 놓인 고둥 껍데기를 돌려가며 소라게가 빠져나갔을 널찍한 입구를 멍하니 바라본다. 이 집이 그만 거추장스러웠을까? 왜 떠나갔을까? 더 좋은 집과 더 나은 삶을 찾고 싶었던 것일까? 하긴, 나도 몇 주간의 휴가를 보내기 위해 내 일상의 껍데기에서 빠져나온 건 매한가지였다.

이 고둥 껍데기는 소박하다. 꾸밈없고, 아름답다. 겨우 내 엄지손가락만 한 크기지만 구조는 아주 세밀한 부분까지 완벽하다. 서양배처럼 가운데가 불룩하고, 거기서 시작한 나선이 뾰족한 나사탑을 향해 완만하게 올라간다. 금빛이 감도는 껍데기는 바닷물의 소금기에 씻겨 탁하고 부옇다. 각각의 나사켜, 뭉툭한 돌기, 달걀 껍질처럼 매끈한 표면에 새겨진 십자형 무늬는 이 피조물이 창조된 그날처럼 선명하다. 기쁨으로 가득 찬 내 눈길은 이 집의 전 주인이 오르내렸을 자그마한 나선형 계단의 바깥 둘레를 따라가느라 분주하다.

내 인생을 감싸고 있는 껍데기는 이런 모습이 아닐 것이다. 사는 동안 얼마나 너저분해졌는지! 내 껍데기에는 따개비가 잔뜩 붙고 이끼가 가득해 이제 형태조차 알아보기 어려울 지경이다. 한때는 아주 뚜렷한 모양을 갖추고 있었고, 내 마음속에는 여전히 그때 그 모습이 선한데. 지금 내 인생은 과연 어떤 모습일까?

지금의 내 삶은 가족과 함께 시작된다. 내 곁에는 남편과 다섯 아이가 있고, 뉴욕 교외에 집이 한 채 있다. 글 쓰는 재주를 지닌 덕분에 원하는 일을 하고 있다. 물론 이 외에도 내 삶의 모습을 결정짓는 요소는 무수히 많다. 가정 환경과 어린 시절, 내 지성과 교육 수준, 내 양심과 그로 인한 중압감, 내 열정과 거기서 생기는 욕망 등등. 나는 여성으로서, 예술가로서, 시민으로서 가족들과 주고받으며, 친구들 그리고 지역 사회 안에서 서로 나누며 인류와 세상에 내 의무를 다하고 싶다.

그러나 무엇보다도 내가 바라는 것은 (사실, 내 모든 열망의 목표는) 바로 나 자신의 평화다. 나는 집중력, 순수한 의도, 삶의 중심을 갖추고서 의무를 다하고 능력을 발휘하며 살고 싶다. 되도록 오랜 시간을 (성자들의 말마따나) '은총 안에서' 살고 싶다. 꼭 신학적 의미에서 하는 말은 아니다. 내가 말하는 은총이란 결국 외적 조화로 표현될 내적 조화, 그러니까 본질적으로는 정신적인 조화를 의미한다. 소크라테스가 〈파이드로스〉의 기도문에서 말한 것처럼 나 역시 '겉으로 드러나는 모습과 안에 있는 모습이 하나되기를' 바라는 것 같다. 나는 신에게 부여받은 본분을 다하면서 사람들과 나누며 살 수 있도록 내적이고 정신적인 은총의 단계에 이르길 소망한다.

이런 정의가 모호하긴 하지만, 나는 대부분의 사람들이 그 상태를 표현하는 언어만 다를 뿐 '은총 안에서' 사는 시기와 '은총에서 벗어나' 있는 시기를 인식하고 있다고 생각한다. '은총 안에서' 살고 있는 행복한 시기에는 마치 큰 파도를 타고 있는 것처럼 모든 일이 순조롭게 처리되지만, 그렇지 않은 시기에는 신발끈을 묶는 일조차 어렵게 느껴진다. 은총 안에서 살고 있든 그렇지 않든 간에 신발끈 매는 기술을 익히는 건 인생에서 아주 중요한 일이다. 살아가는 데 필요한 기술은 이뿐만이 아니다. 심지어 은총을 찾는 데에도 기술이 필요하다. 그리고 기술이란 갈고닦는 게 가능하다. 나는 그동안의 경험과 숱한 사례들 그리고 나보다 앞선 수많은 사람들의 글을 통해 내적 조화와 외적 조화를 이루는 데 도움이 되는 어떤 환경이나 삶의 방식, 행동 규칙이 존재한다는 것을 알게 되었다. 사실 우리가 갈 수 있는 길은 몇 갈래 되지 않으며, 그중 하나가 생활의 간소화다.

간소하게 살 수 있도록, 나도 소라게처럼 어디든 지고 다닐 수 있는 소박한 껍데기를 고르고 싶다. 그러나 그럴 수 없다. 내 삶은 간소함과 거리가 멀다. 남편과 다섯 아이들은 각자 자신의 길을 개척하며 살아가야 한다. 아내로서, 어머니로서 내가 선택한 삶은 복잡한 일의 끝없는 행렬을 이끌고 나아가는 것이다. 거기엔 교외에 있는 집과 그 안에서 해야 할 고된 집안일도 포함되는데, 가사 도움 같은 건 다른 세상 이야기라고 해도 될 만큼 드물거나 아예 존재하지 않는다.

먹고사는 문제도 빼놓을 수 없다. 매 끼니를 해결하고, 살림을 꾸려 나가고, 장을 보고, 온갖 공과금을 지불하면서 어떻게든 수지를 맞춰야 한다. 우리 집과 같은 현대 주택이 현대적 '간소함'(전기, 수도, 냉장고, 가스레인지, 석유 난로, 식기 세척기, 라디오, 자동차 및 노동을 덜어주는 온갖 장치 등)을 유지하기 위해서는 정육업자, 제빵사, 양초 제작자를 비롯해 수많은 전문가가 필요하다. 식구들의 건강도 유심히 살펴야 한다. 내과와 치과 전문의를 찾고, 예약을 잡고, 치료제와 대구 간유*, 비타민을 구비해야 한다. 그렇게 해도 다급히 약국에 달려가야 할 때가 생긴다.

여기서 끝이 아니다. 자녀들이 지덕체를 고루 갖출 수 있게끔 교육도 해야 한다. 아이들을 학교에 보내고, 학부모 회의에 불려가고, 돌아가며 카풀을 해주고, 농구나 관현악단 연습이 있는 날이면 방과 후에도 아이들을 데려다줘야 한다. 개인 지도도 필요하다. 야영을 보내려면 야영 장비와 교통 수단을 마련해야 한다. 가족들에게 입힐 옷을 사고, 빨고, 다리고, 꿰매고, 치맛단

---

*   대구나 명태 등 대구과에 속하는 어류의 간에서 얻은 지방유로, 비타민 A와 D를 많이 함유하고 있어 의약품으로도 쓰인다.

을 늘이고, 단추 다는 것까지 모든 일을 내 손으로 직접 해야 한다. 그러지 않으려면 이를 대신 해줄 누군가를 구해야 한다. 남편의 친구들, 자녀의 친구들, 내 친구들과의 사교도 빼놓을 수 없다. 여러 사교 모임을 위해서 편지, 초대장, 전화를 끝없이 돌려야 하며, 이리로 저리로 쉴 새 없이 차를 몰아야 한다.

오늘날 미국인들은 끝없이 관계를 확장하며 살아간다. 우리는 집안 살림을 책임져야 하는 동시에 선량한 시민으로서 공동체와 국가, 국제 사회의 요구에도 부응해야 한다. 이러한 요구는 주로 신문, 잡지, 라디오 프로그램, 정치 운동, 자선단체의 호소 등을 통해 이루어지는데 그럴 때마다 정신을 차리지 못한다. 여성들이 일상에서 하는 일을 보면 곡예도 이런 곡예가 없는데! 제아무리 공중그네를 타는 곡예사라도 우리 앞에서는 무색해질 것이다. 여성들을 한번 보라. 매일매일 산더미처럼 쌓은 책을 머리에 이고 줄타기를 한다. 게다가 그 상태로 유모차며, 양산이며, 식탁 의자까지 완벽하게 다룬다. 어이구, 조심!

이는 간소한 삶이 아니다. 현자들이 우리에게 경고하는 복잡한 삶이다. 통합이 아니라 분열로 이끄는 삶이다. 은총을 불러오기는커녕 우리의 영혼을 파괴하는 삶이다. 그리고 이런 삶은 나 혼자만의 것이 아니라 미국 내 수백만 여성의 삶이기도 하다. 여기서 내가 굳이 미국이라고 강조하는 건, 간소한 삶을 누릴 수 있는 특권을 그 누구보다 미국 여성이 많이 가지고 있기 때문이다. 문명 세계라고 하는 많은 지역에 사는 여성들이 전쟁, 빈곤, 좌절, 생존 문제에 치인 탓에 당면한 시간과 공간, 목전에 놓인 집안일, 먹고사는 문제와 같은 제한된 사회 속으로 후퇴하고 있다. 그러나 미국 여성들은 비교적 자유롭게, 폭넓은 삶을 선택할 수 있다. 불안정하지만 남들의 부러움을 사는 이 자리를 우리가 얼마나 더 유지할 수 있을지는 아무도 모른다. 그럼에도 미국 여성에게 주어진 이 특별한 상황은 명백하게 드러나는 경제적·국가적 한계, 성적 제약보다 훨씬 더 의미 있는 것이다.

생활의 복잡함은 미국의 여성에게만 국한된 문제가 아니다. 남성에게도 큰 영향을 미치는 문제다. 또 대다수의 나라에서 미국인의 삶을 이상적으로 바라보는 현실을 감안하면 비단 미국인뿐만 아니라 현대 문명 전체의 문제이기도 하다. 그리고 마지막으로, 우리가 과장된 형태로 당면했을 뿐이지 지금 이 시대에만 한정된 문제도 아니다. 생활의 복잡함이라는 문제는 언제나 인류를 위협하는 요소로 손꼽혔다. 철학자 플로티노스*는 3세기 때 이미 복잡한 삶이 초래할 위험에 대해 설파했다. 그러나 아무래도 복잡한 삶은 본질적으로 여성의 문제다. 정신없는 삶은 지금까지 항상 그래왔듯 앞으로도 여성의 전유물일 것이다.

여성으로 산다는 것은 바퀴통과 바큇살로 이루어진 수레바퀴처럼 어머니라는 중심 역할을 충실히 해내면서 사방팔방 뻗어 있는 모든 일에 주의를 기울이고 의무를 다한다는 의미다. 여성의 삶은 본질적으로 원의 형태를 띠는데 그 안에서 우리는 어느 한순간도, 어느 한 방향에도 눈을 떼지 못한다. 남편, 자녀, 친구, 가정, 지역 사회까지 전체를 지켜봐야 한다. 살랑이는 바람 한 점에도 위태롭게 흔들리는 거미줄처럼 모든 일에 민감하게 반응해야 한다. 이런 극한의 긴장 속에서 균형을 잃지 않는다는 게 얼마나 모순적이고 어려운 일인가. 그럼에도 우리 삶이 제 기능을 하게 하려면 반드시 균형을 잡아야 한다. 거룩하게 살아야 한다는 설교에 빠지지 않고 등장하는 인내. 이를 얻는 길은 또 얼마나 고달픈지. 사색가, 예술가, 성인의 이데아, 그들

---

* 그리스의 신비적·범신론적 철학자로, 신플라톤학파의 창시자다.

의 신성한 영혼과 높은 안식은 정말로 담나지만, 너무나도 멀리 있다.

애처롭기도 하고 우습기도 한 이야긴데, 새로운 눈으로 바라보니 어째서 미혼의 여성이 성인이 되는 경우가 많은지 조금 이해가 된다. 한때는 순결이나 자식과 관련된 이유 때문이라고 생각한 적도 있으나, 지금은 그런 이유 때문이 아니라고 확신한다. 이러한 현상은 근본적으로 정신없는 일상 때문이다. 아이를 낳고, 기르고, 먹이고, 교육하는 일, 해도 해도 끝이 보이지 않는 집안일, 거기에 실타래처럼 얽힌 무수한 인간관계까지. 일반적으로 여성이 하는 일들은 창조적이거나 사색적이거나 거룩한 삶과 맞지 않다. 여성과 직업, 여성과 가정, 여성과 독립의 차원에서 바라보고 해결할 만큼 단순한 문제가 아니다. 근본적으로 우리는 정신없는 일상 속에서 어떻게 하면 온전할 수 있을지, 사방팔방에서 소맷자락을 잡아당기는 상황에서도 어떻게 하면 중심을 잃지 않을 수 있을지, 바큇살에 너무나 큰 충격이 가해져 바퀴통이 깨질 것 같은 상황에서도 어떻게 하면 힘을 잃지 않을 수 있을지를 고민해야 한다.

그렇다면 어떤 해결책이 있을까? 이 문제에는 쉬운 해결책도, 완벽한 해결책도 없다. 실마리가 되어줄 해변의 조개껍데기 몇 개가 내 손에 들려 있을 뿐이다. 소라고둥의 수수한 아름다움이 내게 해답을 들려준다. 우선 삶을 간소하게 만들라고, 정신없는 일상을 정리하라고. 그러나 도대체 어떻게 그럴 수 있단 말인가? 완전한 은거란 불가능한 것이다. 내 책임과 의무를 피할 수는 없다. 평생 무인도에서 살 수도 없다. 가족을 제쳐두고 수녀가 될 수도 없다. 그렇게 되는 것을 바라지도 않는다. 세상을 완전히 등지라거나 그저 전적으로 받아들이라는 건 내게 해결책이 되지 못한다. 고독과 사교, 도피와 귀환이라는 양극단 사이 어디쯤에서 균형을 잡든지 아니면 그 사이를 시계추처럼 오고 가기를 선택해야 한다. 집을 떠나 이곳에 머무는 동안 어쩌면 속세의 삶에 적용할 만한 교훈을 얻을 수 있을지도 모르겠다. 지금, 떠나와 있는 2주 동안만이라도 삶을 간소화하는 연습을 할 수 있을 것이다. 이 피상적인 실마리가 나를 어디로 데려갈지 여기, 바닷가에 머무는 동안 한번 따라가볼 것이다.

*

바닷가 생활에서 가장 먼저 배우게 되는 건 버리는 기술이다. 바닷가에서 살다 보면, 얼마나 많이가 아니라 얼마나 적게 소유하고도 살아갈 수 있는지를 배울 수 있다. 물건에서 시작하는 버리기의 기술은 신기하게도 금세 다른 분야로 이어져 나간다. 가장 먼저 버리는 것은 옷이다. 햇볕이 강하면 당연히 옷가지가 많이 필요하지 않으니까. 그러다 어느 순간이 되면, 날씨와 상관없이 많은 옷이 필요치 않다는 것을 깨닫는다. 옷장 가득이 아니라 그저 작은 여행 가방 하나를 채울 만큼이면 충분하다. 이 얼마나 홀가분한 소식인가! 밑단을 늘이거나 줄이는 수고, 해진 옷을 꿰매는 수고를 덜 수 있다니. 무엇보다 매일 아침 어떤 옷을 입을까, 하는 고민이 줄어든다. 이렇게 옷을 버리다 보면 어느새 옷가지와 함께 허울도 벗어던지고 있는 자신을 발견한다.

그다음은 보금자리다. 미국 북부 지역에서 겨울을 나려면 바람 한 점 새어 들어오지 않는 단단한 집이 필요하지만, 여기서는 그렇지 않다. 이 섬에서 나는 텅 빈 조가비처럼 휑뎅그렁한 오두막에서 지낸다. 이 집에는 난방이나 전화, 이렇다 할 만한 수도 시설이 없다. 물론 온수도 나오지 않는다. 그저 2구 버너가 하나 있을 뿐이다. 고장날 만한 기계 자체가 없다. 바닥에 카펫도 깔려 있지 않다. 원래 몇 장이 깔려 있었는데, 이곳에 도착한 첫날 모조리 걷어 둘둘 말아버렸다. 맨 바닥이어야 모래를 쓸어내기 수월하기 때문이다. 그러고 보니 여기 온 뒤로는 불필요한 비질과 걸레질로 부산 떠는 일이 없다. 먼지가 내려앉아도 구태여 신경쓰지 않는다. 먼지 한 톨 없는 청결을 유지해야 한다는 청교도 정신을 버렸기 때문이다. 이것 역시 물질적인 부담이 아니겠는가? 이 집에는 커튼도 없다. 소나무숲이 집을 에두르고 있기 때문에 사생활 보호를 위해 굳이 커튼을 칠 필요가 없다. 나는 늘 창문을 활짝 열어두고 싶다. 그러고도 비가 들이치지 않을까 걱정하고 싶지 않다. 나는 많은 일에 마르타*처럼 걱정하던 습관을 버리기 시작한다. 낡고 빛바랜 가구 덮개 따위도 더는 눈에 거슬리지 않는다. 다른 사람들이 본다면 뭐라고 생각할지 더는 신경쓰지 않는다. 이곳에서 나는 자만을 버리고 있다. 많이 가질 까닭이 없기에 세간도 적을수록 좋다. 내 조가비 같은 집에는 속을 완전히 터놓을 수 있는 친구들만 초대한

---

* 마음이 분주하고 걱정, 근심이 많은 성격으로 묘사되는 성경 속 인물.

다. 인간관계에서의 위선을 떨쳐내는 것이다. 얼마나 마음 편한 일인가! 살면서 겪어 보니 위선 떠는 행동만큼이나 피곤한 것도 없다. 사회생활 대부분이 그토록 피로한 것도 같은 이유 때문이다. 사람들은 저마다 가면을 쓰고 살아간다. 여기서 나는 내 가면을 벗어던졌다.

미국 북부 지역의 겨울나기에 꼭 필요하다고 생각했던 것들 없이도 나는 아주 행복하게 지내고 있다. 이 글을 쓰다 보니 지금은 프랑스에 살지만 과거에 독일 포로 수용소에서 3년을 지내야 했던 친구의 이야기를 듣고 크게 충격받았던 일이 생각난다. 그 친구는 수용소에서 음식을 제대로 먹기는커녕 잔혹 행위를 당할 때도 있었다고, 신체적 자유가 거의 존재하지 않는 수준의 생활을 해야 했다고 내게 일러줬다. 그러면서도 수용소 생활을 통해 사람이 살아가는 데 필요한 물질이 얼마나 적은지, 간소한 삶이 얼마나 큰 정신적 자유와 평화를 가져다주는지를 깨달았다고 했다. 아이러니하게도 오늘날 미국인은 세계 어느 나라 사람들보다도 자유롭게 복잡한 삶 또는 간소한 삶을 선택해서 살 수 있는 호사를 누린다. 그리고 소박한 삶을 선택할 수도 있는 우리는 대부분 복잡한 삶을 택한다. 전쟁 중이거나 수

용소 생활 또는 시한부 인생을 사는 사람들은 본인의 의지와 상관 없이 간소하게 살아간다. 물론 수도승과 수녀들처럼 자의로 소박한 삶을 선택하는 사람들도 있다. 그러나 누구라도 요 며칠 사이에 내가 겪고 있는 것처럼 우연한 기회에 간소한 삶을 마주한다면, 소박한 삶이 가져다주는 평온함에 눈을 뜨게 될 것이다.

그렇게 사는 건 좀 꼴사납지 않느냐고 묻는 사람이 있을지도 모른다. 어떤 사람은 안전, 편안함, 허영을 위해서만이 아니라 아름다움을 위해 물질을 소유하기도 하니까. 조가비 같은 집이라니 너무 초라하고 추하지 않느냐고? 그렇지 않다, 나의 집은 아름답다. 물론 갖춘 것 없이 휑한 건 사실이지만, 솔솔 들어오는 바람과 햇빛과 솔향이 그 텅 빈 공간을 가득 채워준다. 세련미를 전혀 찾아볼 수 없는 천장의 대들보에는 거미줄도 드레드레 늘어져 있다. 그러나 새로운 마음으로 올려다 보니 거미줄도 새삼 사랑스럽다. 희끗한 머리칼이 중년의 얼굴에 드리운 주름을 가리듯 대들보의 거미줄이 서까래의 굵직한 주름을 슬그머니 감춘다. 나는 이제 흰머리를 뽑지 않고, 거미줄을 걷어내지도 않는다. 사실 처음 이곳에 왔을 때는 빈 벽을 쳐다보는 게 썩 유쾌하지 않았다. 깨끗한 도화지처럼 아무것도 없는 사면의 벽에 둘러싸여 있자니 감옥에 갇혀 있기라도 한 듯 갑갑했다. 벽에 창을 내든 그림을 걸든 어떻게든 입체감을 주고 싶었다. 결국 나는 바람과 모래에 씻겨 비단처럼 매끈해진, 바닷물에 떠밀려온 잿빛 나뭇가지를 모아다가 집으로 질질 끌고 왔다. 끝이 붉고 나풀나풀한 이파리가 달린, 초록 덩굴도 그러모았다. 하얗게 빛바랜 채 뼈대만 앙상한 소라고둥도 몇 개 주웠다. 진기하게 패인 모양이 언뜻 보면 추상 조형물 같았다. 주워 온 것들을 벽에 붙이고 모퉁이에 세워 놓으니 그럴듯했다. 이제 집 안에서도 세상을 내다볼 수 있는 잠망경이 생긴 것이다. 가만히 앉아서도 세상의 입체적인 경치를 바라볼 수 있는 창이 생긴 것이다.

흡족한 마음으로 나는 책상 앞에, 그러니까 식탁보를 깔지 않은 식탁 앞에 앉는다. 식탁에는 압지, 잉크병, 누르개로 쓸 만한 성게 껍데기, 연필통으로 쓸 만한 조개껍데기, 손을 놀리기에 제격인 소라고둥의 분홍빛 끄트머리 조각, 내 사색을 이끌어 줄 몇 개의 조개껍데기가 놓여 있다.

나는 조가비 같은 이 집이 정말 좋다. 언제까지고 여기에서 살고 싶다. 이 집을 그대로 가지고 돌아갈 수만 있다면 얼마나 좋을까. 그러나 그럴 순 없다. 이 집은 남편과 다섯 아이, 일상의 필수품과 장식품을 모두 품어줄 수 없으니 말이다. 내가 돌아갈 때 가져갈 수 있는 거라고는 자그마한 소라고둥 하나 정도다. 이 소라고둥을 코네티컷*으로 가져가 내 책상에 올려두면 이걸 볼 때마다 간소한 삶의 의미를 되새길 수 있을 것이다. 그리고 바다가 내게 물었던 질문을 돌이켜볼 수 있을 것이다. 얼마나 많이가 아니라 얼마나 적게 소유하고도 살 수 있는가? 또다시 내 삶에 소유물을 더하고 싶은 유혹이 들 때마다, 또다시 중심에서 벗어나는 행동을 하려고 들 때마다 물을 것이다. 정말로 내게 필요한 것인가? 물론 겉으로 드러나는 삶을 간소하게 만드는 것만으로는 충분하지 않다. 그건 그저 껍데기일 뿐이니까. 그래도 나는 겉에서부터 시작하려 한다. 내 삶의 겉면, 내 껍데기의 겉면을 들여다본다. 삶의 표면을 들여다본다고 해서 완벽한 해답을 찾을 수는 없다. 그저 은총의 단계에 다다르기 위한 하나의 기술일 뿐이다. 정답은 항상 안에 있다는 것을 나도 잘 알고 있다. 그러나 바깥에서도 단서를 얻을 수 있고, 안에 있

* 미국 북동부의 주

는 정답을 찾는 데 필요한 도움을 얻을 수 있다. 소라게처럼 우리도 자유롭게 껍데기를 바꿀 수 있다.

소라고둥, 나는 너를 다시 내려놓지만 너는 나를 나선형 계단처럼 구불구불한 사색의 여행길에 올려놓는구나.

달고둥

마로니에 열매처럼 둥글고 통통하고 반질반질한, 달팽이 모양의 이 껍데기가 편안함과 아늑함을 즐기는 고양이처럼 몸을 웅크린 채 내 손바닥에 놓여 있다. 뽀얀 껍데기는 금방이라도 비를 퍼부을 듯한 여름 저녁 하늘처럼 발그름하다. 대칭을 이루는 매끄러운 얼굴에는 정교한 나선이 꼭짓점을 향해 올라가고, 원뿔의 꼭짓점에는 눈동자를 닮은 까만 점이 박혀 있다. 나를 빤히 쳐다보는 그 신비한 외눈을 나도 가만히 바라본다.

　이것은 하늘에 외로이 떠 있는, 힘이 넘치는 둥근달이다. 한밤중 높이 자란 풀숲을 소리 없이 헤쳐 나가는 고양이의 눈이다. 끊임없이 넓게 퍼져 나가는 물결 안에서, 고요하게 존재하는 외딴섬이다.

　섬이라니 얼마나 멋진가! 내가 와 있는 이곳처럼 수킬로미

터의 물길로 에워싸여 있으며, 다리, 전선, 전화 그 무엇으로도 연결되어 있지 않은 섬. 세속적 삶으로부터 동떨어진 섬. 나의 짧은 휴가처럼 지금, 이 현재에 존재하는 소중한 섬. 섬에서는 과거와 미래가 차단되고 오로지 현재만 존재할 뿐이다. 현재에 집중하는 섬 생활은 극도로 선명하고 순수하다. 섬에서는 모두가 어린아이나 성인처럼 현재의 시간 속에서 살아간다. 시간과 공간이 빚어내는 일상의 나날, 행동 하나하나가 섬이며, 그 모든 것은 섬처럼 완전하다. 섬에 사는 사람들은 자족하고, 온전하다. 그렇게 평온한 섬을 닮아간다. 타인의 고독을 존중하여 그들의 영역을 침범하지 않고, 타인의 기적을 존경하여 멀찍이 떨어져 있는다. 존 던*은 '인간은 누구도 섬이 아니다'라고 말했지만 나는 우리 모두가 하나의 섬이라고 생각한다. 같은 바다에 떠 있는 각기 다른 섬.

결국 우리는 모두 혼자다. 그리고 고독이라는 기본 상태는 우리가 어떻게 선택할 수 있는 문제가 아니다. 릴케는 말했다. "인간이 선택할 수도 그것을 버릴 수도 없다. 우리는 고독하다.

* 영국의 시인이자 신학자.

그렇지 않은 듯 행동하며 자신을 속일 수는 있다. 그러나 그뿐이다. 우리가 고독하다는 사실을 인정한다면, 정말 그렇다, 아니 그냥 그런 척이라도 한다면 얼마나 좋을까. 물론 현기증이 나겠지만."

당연한 일이다. 자신이 혼자라고 생각하기를 즐길 사람이 누가 있겠는가. 자신이 혼자라는 생각을 얼마나 피하고 싶겠는가. 혼자라고 하면 인기가 없거나 거절 당했다는 생각이 먼저 든다. 고등학교 무도회 때 선택받지 못한 여학생이 느끼는 당황스러움에 여전히 집착하는 것이다. 인기 많은 여자애들이 남학생의 뜨거운 손을 마주잡은 채 댄스 플로어에서 빙글빙글 도는 동안, 등받이가 딱딱한 의자에 홀로 남아 당혹스러워했던 그때 그 시절.

오늘날에도 우리는 혼자 남겨지는 것이 두려워 애초에 그런 일을 만들지 않으려고 애쓰는 것 같다. 가족이나 친구와 시간을 보내지 못하거나 영화관에 가지 못하더라도 지금 우리에게는 공허함을 채워줄 라디오, 텔레비전이 있다. 외로움을 호소하던 여성들은 이제 두 번 다시 홀로 남겨질 일이 없게 되었다. 이제는 연속극을 틀어둔 채 집안일을 할 수 있다. 그렇지만 그저 공상에 빠지는 일이라고 할지라도 이보다는 더 창조적이었다. 공상에 빠진다는 것은 내면에서 무언가를 끌어내야 하는 일인 동시에 내면을 살찌우는 일이기 때문이다. 그러나 이제는 고독이라는 정원에 꿈이라는 꽃을 피우는 대신, 귀담아듣지도 않을 음악과 수다로 쉴 새 없이 공간을 가득 채우며 우리 스스로 숨통을 조인다. 그런 소리는 순전히 공백을 메우기 위한 소음일 뿐이다. 소음이 그치면 그 빈자리를 채워줄 내면의 음악은 없다. 우리는 다시 혼자 되는 법을 배워야 한다.

요즘 같은 시대에 한 시간이든 하루든 일주일이든 친구와 가족을 떠나 고독의 기술을 연마한다는 건 참 어려운 일이다. 내게는 이별이 가장 어렵다. 아무리 잠시 동안이라고 할지라도 헤어짐은 고통스러울 수밖에 없다. 팔다리가 잘려 나가는 것처럼 아프다. 팔 하나를 잃고 나면 멀쩡하게 살아갈 수 없을 것만 같다. 그러나 일단 이별의 순간만 지나고 나면, 혼자 있는 시간이 얼마나 소중한지 깨닫는다. 공허 속으로 서둘러 들어간 삶은 이전보다 더 풍요롭고, 생동감 넘치고, 충만하다. 이별할 때는 정말로 팔 하나를 잃는 것 같지만, 그러고 나면 불가사리처럼 새로운 팔이 다시 자라난다. 팔 하나가 떨어져 나갔으나, 새로돋아난 팔은 상처 하나 없이 완벽하고 원래 있던 팔보다도 훨씬 더 온전하다.

이곳에서 나는 꼬박 이틀 밤을 혼자 보내고 있다. 밤이면 별이 쏟아지는 해변에 홀로 눕는다. 홀로 아침 식사를 준비한다. 부두 끄트머리에서 노니는 갈매기들을 홀로 바라본다. 갈매기들은 내가 던져준 먹을거리를 찾아 물에 발을 살짝 담그며 물 위를 빙빙 돌기도 하고, 물속으로 풍덩 뛰어들기도 한다. 오전에는 책상에 앉아 할 일을 마치고, 해변으로 소풍을 나가 홀로 늦은 점심을 먹는다. 그러면 인류와 멀어지고 오히려 동물과 한층 가까워진 듯한 느낌이 든다. 저기 뒤에, 거친 조수 웅덩이에 둥지를 튼 수줍은 윌리트*. 저기 앞에, 조금도 두려워하는 기색 없이 반짝이는 바닷가를 향해 총총 다가가는 도요새. 머리 위로는, 날개를 유유히 펄럭이며 바람을 타고 내려오는 펠리컨들. 몸을 웅크린 채 샐쭉한 모습으로 수평선을 살피는 늙은 갈매기. 이들과 내가 하나로 연결되어 있다는 느낌에 기쁨이 차오른다. 땅과 바다와 바람의 아름다움이 아주 큰 의미가 되어 내게 다가

* 도욧과의 조류로 개펄, 모래 해안, 조수 웅덩이 등에 서식한다.

온다. 나는 자연과 하나 되어 우주에 녹아들어 있었고, 그 안에 푹 빠진다. 마치 성당을 가득 메운 신도들의 찬송가 소리에 파묻히듯이.

"신을 찬양하라, 바다를 헤엄치는 모든 물고기도, 하늘을 나는 모든 새도, 이 땅의 모든 아이들도, 신을 찬양하라!"

그렇다, 나는 사람들로부터 떨어져 고독 속에 파묻혀 있지만, 오히려 그들과 더욱 가까워진 느낌이 든다. 실제로 사람들을 떼어놓는 것은 육체적 고립이 아니라 정신적 고립이다. 우리가 사랑하는 이들로부터 멀어진 것은 무인도나 척박한 황무지 때문이 아니다. 길 잃은 이방인이 되어 헤매는 것은 황폐한 정신 때문이고 마음속에 자리잡은 황무지 때문이다.

자기 자신에게 낯선 존재가 되면 타인과도 멀어질 수밖에 없다. 자기 자신을 모르면 타인을 이해할 수도 없다. 대도시에서 친구들과 악수를 나눌 때 그들과 나 사이에 광활한 황무지가 펼쳐져 있다고 느낀 적이 얼마나 많았는가. 그때는 친구도 나도 아주 척박한 불모지를 헤매고 있었던 것이다. 우리를 풍요롭게 할 샘물을 찾지 못해서 또는 이미 그 샘물이 말라버린 탓에. 자기 자신의 중심과 연결된 사람만이 다른 사람과도 연결될 수 있다는 사실을 나는 이제야 알아가기 시작한다. 그리고 내 경우에는 내 중심인 내면의 샘을 찾는 최선의 방법이 바로 고독한 시간을 갖는 것이다.

나는 파도의 리듬, 등과 다리의 맨살에 닿는 햇볕, 머리칼을 흩날리는 바람과 물보라의 위로를 받으며 해변을 따라 한참을 걷는다. 일렁이는 파도에 몸을 숨겼다 나타나길 반복하는 도요새처럼. 그러고는 흠뻑 젖은 채 비틀거리며 집으로 돌아온다. 하루를 온전히 홀로 보낸 자의 벅찬 마음으로. 밤의 어둠이 한 입 베어물기 전의 둥근 보름달처럼 흡족한 마음으로. 서둘러 입술을 갖다대야 할 만큼 넘치도록 가득 찬 잔처럼 충만한 마음으로. 시편에 나오는 '내 잔이 넘치나이다'라는 구절처럼 귀한 충만함이다. 그러다 느닷없이 두려워진 나는 기도한다. 아무도 가까지 오지 못하게 해주세요. 내가 넘쳐 쏟아질까 두렵습니다!

그렇다면 여성은 왜 이런 일을 겪는 것일까? 여성은 살아가는 내내 자신을 쏟아붓고 싶어한다. 자녀와 남편과 사회의 영원한 양육자로서 모든 본능이 이들에게 베풀 것을 요구한다. 결국 시간, 에너지, 창조력을 발휘할 기회나 틈이 생기더라도 여성들은 이를 타인을 위해 써버리고 만다. 예로부터 도움이 필요한 사람이 보이면 곧바로 손을 내밀어야 한다고 배워 온 탓이기도 하고, 이를 본능적으로 열망하는 탓이기도 하다. 여성은 자신이라는 주전자를 가득 채울 시간, 고요와 평화를 즐길 시간을 좀처럼 갖지 못한 채 살아가는 내내 수많은 물방울이 되어 목마른 자들에게 자신을 쏟아붓는다.

그게 뭐 어때서?라고 묻는 사람이 있을 수도 있다. 베풂이 여성의 본분이라면 자신을 쏟아붓는 일이 무슨 문제가 된단 말인가? 해변에서 완벽한 하루를 보내고 돌아온 뒤에도 어째서 나는 보물처럼 귀한 무엇을 잃을까 봐 이토록 두려워하는 것일까? 내 안에서 숨 쉬는 예술가 때문만은 아닐 것이다. 예술가란 물방울이 되어 남을 위해 흐르기를 몹시 싫어하는 존재로, 자신이라는 주전자를 언제나 가득 채워 놓으려 하는 법이다. 그러나 그 때문만은 아니다. 내 안에서 숨 쉬는 여성이라는 존재가 느닷없이 욕심을 부리고 있는 것이다.

참 기묘한 역설이다. 여성은 본능적으로 베풀고 싶어하지만, 조각조각 쪼개져 희생하기는 싫어한다. 이는 어쩔 수 없는 갈등인 것일까? 아니면 얽히고설킨 복잡한 문제를 지나치게 단순화한 것일까? 내 생각에 여성이 싫어하는 것은 지나친 헌신이 아니라 무의미한 헌신이다. 바늘 구멍처럼 작은 틈으로 모든 에너지가 새어나갈까 봐 두려운 게 아니라 에너지가 '쓸모없는 데 낭비될까 봐' 두려운 것이다. 사회에서 일하는 남성들과 달리 여성들은 자신이 베푼 행동에 대한 결과를 구체적으로 보지 못한다. 가정주부라는 직업에는 급여 인상은 말할 것도 없고, 목표를 달성했다고 칭찬해주는 사람이 있는 것도 아니다. 배 아파 낳은 자녀를 제외하면 여성의 창조물은 대부분이 눈에 보이지 않는다.

요즘에는 특히 그렇다. 여성들은 집안일, 식구들의 일과, 사회생활 등 복잡하게 얽힌 온갖 잡무를 일목요연하게 정리하여 처리한다. 마치 눈에 보이지 않는 실을 손가락에 꿰고서 복잡한 실뜨기 놀이를 하는 것 같다. 잡다한 집안일과 성가신 일, 인간관계의 파편이 한없이 뒤엉킨 실타래를 창조적인 일이라고 칭할 수 있는 사람이 있을까? 이런 일은 대부분 기계적으로 처리하기 때문에 딱히 의미 있는 활동이라고 생각하기도 어렵다. 그렇게 여성은 자기 자신을 전화교환원이나 세탁기 같은 존재라고 느끼기 시작하는 것이다.

자신이 베푸는 행동에 의미가 있다고 느끼면 내면의 샘이 마르지 않는다. 힘들고 지칠 법한 행동을 하더라도 금세 회복되는 것이 자연의 섭리다. 마치 모유처럼, 베풀면 베풀수록 줄 것이 더 많아진다. 초창기의 미국이나 전쟁을 겪은 유럽에서처럼, 힘든 상황에서 여성의 베풂은 더욱 절실했고 의미 있었다. 상대적으로 안락한 삶을 사는 오늘날에는, 대다수의 여성이 생존을 위한 원시적 경쟁에서나 가정의 중심으로서나 스스로 대체 불가능한 존재라고 느끼지 못한다. 없어서는 안 될 존재, 의미 있는 존재라고 느끼지 못하는 여성들은 점점 굶주리기 시작한다. 그러나 무엇에 굶주리는지조차 알지 못한 채, 불필요한 일들과 강박에 사로잡힌 의무, 온갖 체면치레 등 일상을 끝없이 정신 없게 만들어서 공허함을 채우려 한다. 당연히 이런 일은 대부분 의미가 없다. 그러다 어느 순간 내면의 자원이 고갈되어 샘이 말라버린다.

물론 자신이 필요한 존재라고 느끼는 것만으로 굶주림을 해결할 수 있는 건 아니다. 의미 있는 베풂을 실천하더라도 내면의 샘을 다시 채워줄 원천은 반드시 있어야 한다. 젖을 물린 뒤에는 반드시 음식을 섭취하여 영양소를 보충해야 하는 것과 같은 이치다. 베풂이 여성의 역할이라면, 베풀고 난 자리를 무엇인가로 다시 채워야 하지 않겠는가. 하지만 어떻게?

고독을 통해서라고, 달고둥이 말한다. 모든 사람은, 특히 여성은 반드시 일 년에 얼마 동안, 일주일에 며칠, 하루에 몇 시간이라도 홀로 보내야 한다. 이 얼마나 혁명적이고 말이 안 되는 소리인가. 대다수 여성들에게 이러한 계획은 그저 남의 이야기로 들릴 것이다. 이들에게는 혼자 가는 휴가에 쓸 여윳돈이 없다. 일주일 내내 고된 집안일을 해도 단 하루 쉴 시간이 없다. 매일같이 요리하고, 청소하고, 씻고 나면, 단 한 시간의 창조적 고독을 즐길 기력조차 남아 있지 않다.

그렇다면 이것이 오로지 경제적인 문제일까? 나는 그렇게 생각하지 않는다. 임금이 적든 많든 어쨌든 노동자들은 적어도 일주일에 하루를 쉬고, 일 년에 한 번씩 휴가를 받는다. 일반적으로 정기 휴가가 없는 노동자는 어머니와 가정주부뿐이다. 그 수를 헤아려 보면 가히 엄청난 규모다. 그러나 이들은 자신의 결핍을 불평하지 않을뿐더러 때로는 자기만의 시간을 갖고 싶다는 정당한 필요성마저 느끼지 못하는 것 같다.

이 문제의 핵심이 바로 여기에 있다. 하루의 휴가 또는 한 시간의 고독을 열망하는 게 합리적이라고 확신했더라면 여성들이 팔을 걷어붙이고 나서서 이를 획득할 방법을 모색했으리라. 그러나 지금 실정으로는 스스로 이러한 요구를 정당하다고 생각하지 않기 때문에 좀처럼 시도하지 않는 것이다. 고독을 즐길 수 있는 시간과 에너지, 경제적 수단을 실제로 갖추고 있으면서도 이를 활용하지 않는 여성들을 보면, 여성이 자기만의 시간을 갖지 못하는 것이 반드시 경제적인 이유 때문만은 아니라는 것을 알게 된다. 물론 이를 실현하기 어렵게 만드는 외부의 상황과 압력이 존재하는 것도 사실이지만, 그보다는 내적 확신이라는 문제가 더 큰 영향을 미친다. 고독의 추구라는 문제에 관해서만큼은 8월 한낮의 더위처럼 눈에 보이지 않지만 우리를 불쾌하고 무기력하게 만드는 부정적인 공기 속에서 살고 있다. 오늘날 세상에서는 남성이든 여성이든 고독의 필요성을 이해하지 못하고 있다.

이 얼마나 납득이 안 되는 상황인가. 많은 사람들이 그 어떤 핑계도 이것보다는 낫다고 생각할 것이다. 업무 회의, 미용실 예약, 친구와의 약속, 쇼핑 때문에 시간을 낼 수 없다고 말하면 상대방도 어쩔 수 없겠거니 하고 받아들이게 마련이다. 그러나 혼자 있어야 해서 시간을 낼 수 없다고 말하면 상대방은 우리를 무례한 사람, 자기 중심적인 사람, 이상한 사람이라고 생각할 것이다. 혼자만의 시간을 보낸다는 말에 의심받고 이를 사과하며 다른 핑곗거리를 찾고, 들켜서는 안 될 일인 양 숨겨야 하다니, 무슨 문명 사회가 이러한가!

사실 혼자 있는 시간은 인생에서 빼놓을 수 없을 만큼 중요하다. 인간의 내면에는 홀로 있을 때만 끌어다 쓸 수 있는 샘이 있다. 예술가는 창작을 하려면 반드시 혼자만의 시간이 필요하다는 걸 알고 있다. 작가는 생각을 정리하기 위해, 음악가는 작곡하기 위해, 성직자는 기도하기 위해 혼자만의 시간이 필요하다. 그러나 여성들은 자신의 진정한 본질을 재발견하기 위해 혼자만의 시간이 필요하다. 그런 시간 속에서 찾아낸 본질이라는 견고한 실마리는 거미줄처럼 복잡하게 얽힌 인간관계 속에서 반드시 필요한 중심이 된다. 찰스 모건*이 '아무리 굴러도 제자리를 벗어나지 않는 바퀴의 축처럼 정신과 육체가 분주할 때에도 평정을 유지하는 영혼'이라고 표현했듯 여성은 내면의 고요를 찾아야만 한다.

---

* 영국 소설가 겸 극작가.

내 앞에 펼쳐진 이 아름다움은 다른 모든 여자들도 바라볼 수 있는 것들이다. 인간관계, 의무, 활동이라는 수레바퀴 안에서 움직이지 않는 축이 되어 평정을 유지하는 것, 이것이 우리가 추구하는 하나의 목적이다. 그러나 그저 고독만으로는 이 목적에 다다를 수 없다. 고독은 이 목적을 향해 내딛는 첫걸음으로, 세상에 자리를 잡기 전의 여성에게 필요한 '자기만의 방'처럼, 물리적인 도움이 되어줄 뿐이다. 자기만의 방을 찾고 자기만의 시간을 갖는 것은 어려운 동시에 반드시 필요한 일이지만, 그게 전부는 아니다. 그보다는 분주한 생활 속에서 어떻게 영혼의 평정을 유지하느냐가 더 큰 문제다. 사실 가장 중요한 문제는 영혼을 어떻게 살찌우느냐 하는 것이다.

어떤 기술이나 기법이 부족한 게 아니라 여성의 정신이 메말라 가고 있기 때문이다. 여성들은 이미 지난 세대에서부터 기술적인 이득을 얻고 있다. 특히 페미니스트 투쟁 덕분에 확실히 미국 여성의 삶은 이전보다 더 수월해지고 자유로워졌으며 이들에게 더 많은 기회의 문이 열렸다. 과거 어느 때보다 경제적 기반이 탄탄해진 오늘날은 더욱 손쉽게 자기만의 방과 혼자만의 시간을 누릴 수 있게 되었다. 그러나 이를 활용하는 방법을 제대로 모르기 때문에 이토록 힘겹게 얻어내고도 그것만으로는 충분하지 않다. 미처 멀리 내다보지 못한 페미니스트들이 별도의 행동 규칙을 마련해 놓지 않았던 것이다. 여성의 특권을 요구하는 것만으로도 이미 그들은 충분한 역할을 한 것이다. 모든 선구적 운동이 그러하듯, 획득한 특권을 활용하는 법은 뒤따를 여성들의 몫으로 남았다. 그리하여 오늘날의 여성들이 그 방법을 모색하고 있다. 우리는 스스로의 굶주림과 결핍을 인식하고 있지만, 이를 무엇으로 충족시켜야 하는지를 여전히 모른다. 자유 시간을 획득해 놓고도 그 시간에 창조적 샘물을 다시 채우기는커녕 오히려 고갈시키고 있다. 때때로 우리는 주전자를 들고서 정원이 아니라 너른 들판에 물을 주려고 한다. 명분을 앞세워 무분별하게 자신을 내던지는 것이다. 영혼을 살찌우는 방법을 알지 못한 탓에 일상을 정신없게 만들어서 영혼의 요구를 잠재우려 애쓴다. 수레바퀴의 중심축을 지키기는커녕 중심을 무너뜨리는 활동을 일상에서 거듭하며 점점 더 균형을 잃어간다.

지난 한 세대 동안 물론 얻은 것도 많지만, 정신적으로는 뜻하지 않은 손실을 입은 것 같다. 이전까지 여성들은 의식했든 못 했든 간에 자신의 중심을 지킬 강한 힘을 지니고 있었고, 의식적으로든 아니든 내면의 샘에 찾아가 마르지 않도록 샘물을 채웠다. 극한 칩거 생활이 혼자만의 시간을 마련해준 덕분이었다. 이들이 해야 했던 일 대부분은 내면에 집중하고 사색하는 데 이로운 것이었다. 그들의 일이 지금 우리의 일보다 훨씬 더 창조적이었다. 요리나 바느질처럼 대수롭지 않아 보이는 일들은 사실 내면을 살찌우기에는 더없이 좋은 창조적 작업이다. 빵을 굽고, 직물을 짜고, 통조림을 만들고, 아이들을 가르치고, 또 함께 노래하는 일이 식구들을 위해 운전을 하거나 슈퍼마켓에 가서 장을 보거나 기계를 돌려 가며 집안일을 하는 것보다 훨씬 더 영양가 있었을 것이다. 오늘날에는 집안일에 필요한 번거로움은 크게 줄어들었다고 광고하고 있지만, 시간이 오래 걸리는 성가신 일들 대부분은 그대로 남아 있다. 삶의 다른 부분에서처럼 집안일에도 마찬가지로 정신과 손 사이에 기계화라는 장막이 드리운 것이다.

지난날 여성들에게 중심을 지킬 수 있는 큰 힘을 실어준 요소로 교회를 빼놓을 수 없다. 오랜 세월 여성들은 교회에서 아무런 방해 없이 고요한 시간을 가지며 내면을 가다듬었다. 여성이 교회의 주축이 된 것은 어찌보면 당연한 일이다. 교회는 자기만의 방, 고독한 시간, 고요, 평화로움의 이점이 한데 모여 있는 장소인 데다가 가족 및 지역 사회의 승인을 받은 장소였다. 교회 안에서는 누구도 '어머니' '아내' '애인'이라는 호칭으로 불러내어 방해하지 않았다. 무엇보다도 교회 안에서 여성은 갖가지 역할로 분주해할 필요 없이 온전할 수 있었다. 그 시간에 여성은 예배하고 기도하며 교회 일에 자신을 바치고 또 받아들여질 수 있었다. 이처럼 온전히 주고받는 행위를 통해 여성은 회복하였고 내면의 샘을 다시금 가득 채웠다.

교회는 여전히 남성과 여성 모두에게 큰 힘을 주는 중심축이다. 꾸준히 증가하는 교인수를 보면 교회가 과거 어느 때보다 더 필요한 존재가 된 것 같기도 하다. 그러나 예배에 참석하는 사람들이 예전처럼 자신을 온전히 내어놓을 준비가 되어 있을까? 예전의 그들처럼 신의 가르침을 떠받들 준비가 되어 있을까? 우리 일상은 사색할 여유를 허락하지 않는다. 일주일에 한 시간씩 교회에서 보낸다고 한들 (도움은 될 수 있겠지만) 그 한 시간으로 정신없이 보내는 그 외의 모든 시간을 상쇄할 수 있겠는가? 집에서 사색하는 시간을 가졌더라면 교회에서 자신을 내어놓을 준비가 더 잘되어 있었을 테고, 그랬더라면 더욱 온전하게 회복될 수 있었으리라. 예나 지금이나 회복은 반드시 필요하다. 온전히 받아들여지고 싶은 욕구, 역할의 집합체가 아닌 하나의 인간으로서 인정받고 싶은 욕구, 의미 있는 일에 자신을 온전히 바치고 싶은 욕구는 언제나 우리를 따라다니며 여성들을 점점 더 정신없는 일상, 사랑이라는 망상, 병원이라는 피난처로 밀어 넣는다.

그렇다고 과거로 돌아가는 것, 여성을 집 안에 가둔 채 빗자루와 바늘을 쥐어주는 것이 해결책은 아니다. 지금 우리는 수많은 기계의 도움 덕분에 시간과 에너지를 절약한다. 그러나 거기서 번 시간과 에너지를 의미 없는 일에 낭비하고 있다. 간소화해야 할 일상에 결국 짐이 될 소유물을 더욱 늘리고, 사용하거나 감상하지도 못할 물건을 사들이고, 공허함을 채울 오락거리를 늘리는 것으로는 문제를 해결할 수 없다.

그러니까 중심에서 멀어지는 활동에 매달린다고 해결책을 찾을 수 있는 것이 아니라는 의미다. 그렇게 해서는 우리가 산산조각날 뿐이다. 아무것도 찾을 수 없다. 오늘날 여성의 삶은 윌리엄 제임스의 말마따나 '갈기갈기 찢긴 상태'를 향해 달려가고 있다. 그러나 언제까지나 이러한 상태로 살아갈 수는 없다.

그러다가 결국엔 산산이 부서지고 말 테니. 역으로 우리는 중심을 붙잡을 수 있는 행동을 의식적으로라도 추구해야 한다. 혼자만의 고요한 시간, 사색, 기도, 음악, 독서, 공부, 업무에 집중하기 등등. 그것이 신체적, 지적, 예술적인 것이든 간에 자신의 내면에서 끌어올린 창조적 활동이라면 무엇이든 좋다. 거창한 프로젝트를 진행하거나 훌륭한 작품을 만들 필요는 없다. 그러나 반드시 자기 자신의 것이어야 한다. 아침에 꼿꼿이 하는 시간을 갖는 것으로도 분주한 하루 일과에 잠시나마 고요를 줄 수 있다. 시를 쓰거나 기도를 해도 좋다. 중요한 것은 잠시라도 자기 내면에 주의를 기울이는 것이다.

고독이라고, 달고둥이 말한다. 삶의 중심을 찾으라고, 퀘이커* 성자들이 말한다. 자신을 온전히 소유하는 것이 곧 내면으로 향하는 길이라고, 플로티노스가 말한다. 순례자가 다시 태어나야 할 마구간은 자기 인식이라는 작은 집이라고, 시에나의 성 카타리나**는 말한다. 성현들의 가르침이다. 그 시대 사람들

은 실제로 이러한 덕목을 추구했다. 그러나 오늘날 우리는 그렇게 살아가지 못한다. 정신을 똑바로 차리고 의식적으로 실천해야만 추구할 수 있다. 예전처럼 시대의 흐름에 휩쓸리지도 못한다. 그때와 달리 이제는 그렇게 하는 사람이 거의 없기 때문에 다른 사람을 따라 할 수도 없다. 오히려 대부분의 유행과 사회적 압박, 밖에서 들려오는 가르침이 내면에 집중하는 생활 방식에 반하는 것들이라 내면에 집중하는 삶을 하나의 혁명으로 바라볼 수 있을 정도다.

내면을 파고들어 강한 힘을 얻으려면 반드시 여성 스스로 선구자가 되어야 한다. 어떻게 보면 여성은 항상 선구자였다. 이전 세대까지만 해도 외부 사회로 진출하기 힘들었던 여성들은 삶의 한계에 부딪히면서 내면으로 눈을 돌릴 수밖에 없는 환경에 처해 있었다. 그렇게 내면을 들여다봄으로써 남성들이 외부 활동에서 쉬이 찾을 수 없었던 내면의 힘을 얻을 수 있었다. 그러나 최근 우리가 여성 해방을 위해, 여성도 남성과 동등하다는 것을 증명하기 위해 노력하는 동안 어쩌면 당연하게도 남성들과 외부 활동에서 경쟁하게 되었고, 그러면서 우리 내면에 흐르는 샘을 등한시하게 되었다. 우리는 어째서 유한한 남성의 외적인 힘에 맞서 무한한 여성의 내적인 힘을 버리겠다는 유혹에 빠진 것일까? 물론 남성이 지닌 이 외적인 힘은 살아가는 데 꼭 필요하지만, 그들이 지닌 외적인 힘과 외면의 문제 해결 방식이 갖는 힘이 오늘날에는 점점 더 시들해지는 것 같다. 외면의 해결책뿐만 아니라 내면의 해결책을 찾으려면 남성들도 이제 내면을 들여다볼 수밖에 없다. 이러한 변화는 현대의 외향적이고 활동적이며 물질 만능주의적인 서양 남성들이 더욱 성숙해질 수 있는 새로운 단계에 이르렀다는 의미일지도 모른다. 천국이 인간의 내면에 존재한다는 것을 남성들도 깨닫기 시작한 것일까?

*

달고둥, 누가 너에게 이런 이름을 지어주었을까? 직관이 뛰어난 어떤 여인이 지어줬을 거라고 생각하고 싶구나. 나는 네게 또 다른 이름을 지어주련다. 섬고둥. 너와 함께 이 섬에서 영원히 살 수는 없으나, 코네티컷으로 돌아갈 때 너를 데려가 그곳 내 책상에 올려둘 수는 있을 것이다. 거기서 너는 하나뿐인 눈을 내게 고정하고 있으렴. 자그마한 중심을 향해 안으로 돌돌 말린 너의 부드러운 선을 볼 때마다 내가 몇 주 동안 머물렀던 이 섬이 생각나겠지. 그리고 너는 내게 '고독'이라고 말할 것이다. 그때마다 나는 매년 최소한 일주일 아니 고작 며칠이라도, 또 매일 최소 한 시간 아니 고작 몇 분이라도 혼자만의 시간을 갖도록 애써야 한다고 다짐할 수 있으리라. 내 중심을 지키고 내 섬을 가치 있게 유지하려면 반드시 그래야 한다고. 너를 볼 때마다 내 안의 어딘가에 섬을 가치 있고 온전하게 유지하지 않는다면 내 남편, 아이들, 친구들, 나아가 이 세상에 내가 건네줄 게 없는 것과 마찬가지라는 사실을 떠올릴 수 있을 것이다. 너를 볼 때마다 여성은 아무리 분주하더라도 수레바퀴의 중심축처럼 반드시 평정을 유지해야 한다는 사실을 떠올릴 수 있을 것이다. 자신의 구원을 위해서만이 아니라 가정을 위해서, 사회를 위해서, 어쩌면 우리의 문명을 위해서도 여성은 이러한 평정과 고요를 성취하는 선구자가 되어야 한다는 사실을 떠올릴 수 있을 것이다.

해돋이조개

이 조개껍데기는 내가 찾은 게 아니라 어떤 이에게 선물로 받은 것이다. 이 섬에서는 보기 힘든 조개다. 게다가 이토록 완벽한 모양의 해돋이조개를 찾는다는 건 더군다나 흔치 않은 일이다. 정교한 모양의 양쪽 껍데기가 마치 찍어낸 듯 서로 꼭 닮았다. 나비의 날개처럼 똑 닮은 조개. 뽀얀 양쪽 껍데기를 이어주는 황금빛 경첩에서 세 줄의 장밋빛 빛살이 펼쳐져 나온다. 엄지와 검지 사이에 두 개의 일출을 들고 있는 셈이다. 부드럽고, 온전하고, 흠잡을 데 없는 이 조개껍데기. 이렇게 연약한 몸으로 어떻게 바위에 부딪치는 파도 속에서도 완벽하게 살아남았을까.

흔한 일이 아니지만, 이 조개는 아무런 대가 없이 내게 왔다. 여기 사람들이 그렇다. 해변에 앉아 있으면 낯선 사람들이 활짝 웃으며 다가와 별다른 이유 없이 조개껍데기를 건네준다. 그러고는 내가 다시 혼자만의 시간을 보낼 수 있도록 그들도 가던 길을 간다. 돈을 바라는 것도, 감사 인사를 기다리는 것도, 함께 시간을 보내려고 하는 것도 아니다. 서로를 향한 믿음 속에서 대가 없이 주고받는 선물이다. 여기 사람들은 마주칠 때마다 어린아이처럼 활짝 웃는다. 상대방이 고개를 돌리지 않고 같이 웃어주리라는 확신에서 나오는 행동이다. 아니나 다를까 나도 같이 활짝 웃게 된다. 아무 일도 없으리라는 걸 알기 때문이다. 그 미소, 그 행동, 그 관계는 현재라는 즉각적이고 순수한 허공에 매달려 있다. 지금, 여기라는 바로 이 지점에. 바닷바람 속에서 저 높이 균형을 잡고 떠 있는 갈매기처럼.

순수한 관계라니, 얼마나 아름다운가! 순수한 관계는 너무 쉽게 상처를 입고, 관계와 무관한 일에 (아니 관련 있는 일에도), 삶 그 자체 또는 생활과 시간의 축적물에도 쉽게 짓눌린다. 친구나 연인과의 관계, 남편이나 자녀와의 관계 등 모든 관계가 시작만큼은 순수하지 않은가! 관계의 시작은 순수하고, 단순하고, 부담을 주지 않는다. 작품으로 구현해내기에 앞서 예술가의 머릿속에 담겨 있는 구상처럼, 남녀가 만나 책임감이라는 무거운 결실을 맺기에 앞서 사랑이 싹트는 시기처럼 말이다. 어떤 관계든 처음에는 단순해 보인다. 첫사랑이나 우정도 마찬가지다. 단지 식탁을 사이에 두고 마주앉아 재미있게 대화를 나누는 게 전부일지라도 처음으로 호감과 공감을 나누는 관계에서는 그것만으로도 완벽한 세계가 펼쳐진다. 상대의 이야기에 귀기울이는 두 사람, 서로 맞물리는 조가비 두 쪽, 이들 사이에 펼쳐지는 하나의 세상. 완벽한 화합을 이루는 바로 그 순간에는 다른 사람이나 사물, 다른 관심사가 끼어들 틈이 없다. 구속과 요구, 책임감이라는 부담, 미래에 대한 걱정과 과거의 부채 등 모든 것으로부터 자유로워진다.

그러나 이 완벽한 화합도 결국 피할 길 없이 침략당하고 만다. 세상과 접촉할수록 관계는 복잡해지고 거치적거리고 변질되어버린다. 친구 사이, 부부 사이, 부모 자식 사이의 관계를 포함하여 모든 인간관계가 그럴 것이다. 그중에서도 변질하는 과정이 가장 뚜렷하게 드러나는 것은 바로 혼인 관계다. 부부 사이의 관계야말로 가장 깊이 있는 동시에 가장 유지하기 어렵기 때문이다. 또 어떻게든 부부 관계를 처음처럼 유지하지 못하면 주변에서 무슨 비극이라도 벌어진 것처럼 오해하기 때문이다.

물론 그 관계의 시작은 매우 아름답다. 그 자체로도 완벽한데 거기에 봄날 아침의 푸릇함까지 더해진 상태다. 과거도 미래도 없이 두 사람이 인간 대 인간으로서 얼굴을 마주하고 있노라면 곧 여름이 다가온다는 사실을 잊은 채 봄날 같은 이 시기를 계속 이어가고 싶은 마음이 든다. 변화란 자연스러운 삶의 한 조각이고, 발전하기 위한 과정이라는 걸 알고 있어도 막상 눈앞에 닥치면 참으로 원망스럽다. 육체적 열정이 그러하듯 연애 초반의 황홀함이 언제까지나 같은 강도로 유지될 수는 없다. 사실은 또 다른 성장의 단계를 향해 나아가는 과정이므로 두려워하기보다는 봄을 보낸 뒤 즐겁게 여름을 맞이하듯 그저 반갑게 받아들이면 된다. 그러나 그릇된 가치, 습관, 근심이 묵직하게 쌓이고 인생에 그림자를 드리우면서 우리의 숨통을 조여 온다. 우리를 질식시키려는 철갑 같은 외투를 인간관계뿐만 아니라 인생에서도 끊임없이 벗어던져야 한다.

시간이 흐르고 삶이 복잡해질수록 남성이든 여성이든 관계의 변질을 느끼고 향수에 젖어 처음의 모습을 갈망한다. 이는 관계가 성장할수록 어쩔 수 없이 적어도 어느 정도는, 남녀 모두 세부적이고 기능적인 역할에 휘말리기 때문이다. 남성의 경우는 개인적인 일보다는 사회적인 일에, 여성의 경우는 가사 중심의 전통적인 일에 집중하게 된다. 이렇게 서로 다른 일에 집중하다 보면 상대방의 모든 것을 받아들이던 초기의 열정이 점차 줄어들 수밖에 없다. 그러다가 아이가 태어날 때면 여성은 제한된 형태로나마 순수한 초기의 관계를 경험한다. 갓난아기와 단둘이서 소박하고 평온하게 보내는 처음 며칠 동안 여성은 황홀하리만큼 긴밀한 관계를 맺는다. 자식에게 젖을 물리는 어머니의 얼굴은 고요하게 빛난다. 두 사람은 오직 서로만을 위해 세상에 존재한다고 느낀다. 그러나 이 또한 잠시일 뿐 처음 그 완전했던 남녀의 관계를 대체하지는 못한다.

남녀 모두 자신의 일에 열중하면서도 초기의 관계를 그리워하지만, 사실 이들이 바라는 것에는 엄청난 차이가 있다. 남성은 여성에 비해 개인적인 관계를 맺을 기회가 적지만, 자기 분야에서 일하며 창조적으로 자신을 드러낼 기회는 더 많다. 반면 여성은 개인적인 관계를 맺을 기회는 더 많지만, 이를 통해 창조적 정체성을 얻을 수 있는 것은 아니다. 서로 전혀 다른 것을 갈망하고 상대방에게 필요한 게 무엇인지 오해하다 보면, 둘 사이가 어긋나거나 또 다른 사람과 사랑에 빠지기 쉽다. 이 모든 상황을 상대의 탓으로 돌리고 싶은 유혹, 이해심 많은 새로운 사람이라면 모든 문제를 해결해주리라는 손쉬운 해결책을 믿고 싶은 유혹 때문이다.

그러나 여성이든 남성이든 다른 사람과 초기 단계이기 때문에 더 수월해 보이는 밀회를 나눈다고 해서 만족하는 경우는 거의 없다. 그러한 연애를 통해서는 결코 정체성을 되찾을 수는 없다. 우리는 다양한 역할의 집합체로서가 아니라 한 사람으로서 자신을 있는 모습 그대로 사랑해주는 사람을 만날 때 비로소 진정한 자기를 찾을 수 있으리라는 환상을 품는다. 그러나 정말로 타인을 통해 자신을 발견하는 일이 가능한 것일까? 타인의 사랑을 통해서 아니, 나를 위해 타인이 들어주는 거울을 통해서 나 자신을 발견할 수 있는 것일까? 나는 에크하르트*가 말한 것처럼 진정한 정체성이란 '내면을 파고들어 자신을 알아감으로써' 찾을 수 있는 것이라고 믿는다. 정체성은 내면에서 기인하는 창조적 활동을 통해 찾는 것이다. 역설적이게도, 정체성은 자기 자신을 잃어야 발견할 수 있고 자기 삶을 잃어야만 찾

---

*　중세 독일의 신비주의 철학자.

을 수 있다. 여성이 자신을 되찾을 수 있는 가장 좋은 방법은 무엇이 됐든 자기만의 창조적인 활동을 함으로써 자신을 잃어버리는 것이다. 그 안에서 여성은 그간 망각하고 있었던 힘을 되찾을 수 있고 그 힘이 있어야 그동안 간과했던 순수한 관계라는 나머지 문제의 절반을 들여다보고 해결할 수 있게 된다. 이를 되찾은 사람만이 관계도 되돌릴 수 있다.

그러나 해돋이조개처럼 순수했던 관계가 부옇게 흐려진 뒤에도 다시 되돌릴 수 있을까? 물론 결코 회복될 수 없는 관계도 있다. 관계 회복은 그저 나와는 다른 상대방의 필요를 이해하고 채워준다고 해서 해결될 수 있는 문제가 아니다. 달라지는 역할을 수행하면서 두 사람은 서로 다른 방향으로, 또는 다른 속도로 성장해 왔을 것이다. 해돋이조개로 비유한 이 정도의 단계가 어쩌면 이들이 성취할 수 있는 전부일지도 모른다. 그 자체가 끝맺음인 단계, 더 이상 깊은 관계로 나아갈 관계가 아니었을 수 있다. 그러나 발전하는 관계라면 초기에 경험했던 본질이 사라지지 않는다. 그저 삶을 방해하는 무거운 짐 아래 묻혀 있을 뿐이다. 이런 경우라면 본질이 되는 중심을 꺼내어 다시 확인하기만 하면 된다.

해돋이조개와 같은 관계를 재발견하는 방법 하나를 소개하자면, 그때와 비슷한 환경을 조성하는 것이다. 남편과 아내는 각자, 그리고 함께 휴가를 떠나야 한다. 여성이 홀로 떠난 휴가지에서 자신을 발견할 수 있다면, 둘이 함께 떠난 휴가지에서는 연애 초기의 감정을 느낄 수도 있지 않겠는가. 부부끼리 휴가를 떠났을 때 생각지도 못한 즐거움을 느끼는 경우가 많다. 아이들, 집, 직장 등 일상의 모든 속박에서 벗어난다니 얼마나 멋진 일인가. 한 달이건 일주일이건, 아니 그저 하룻밤이라도 새로운 장소에게 단둘이 보낸다는 건 또 얼마나 근사한가. 다시 찾아오는 해돋이의 기적이란 얼마나 놀라운지! 사랑하는 사람과 단둘이 먹는 아침 식사에는 예상치 못한 즐거움이 있다. 이 아담한 식탁에 오로지 둘이서만 얼굴을 마주하고 앉아 있다니. 집에 있는 식탁은 그동안 얼마나 커졌는가! 집 안을 휩쓸고 다니는 네댓 명의 아이들, 거실에서 울려대는 전화벨, 행여 놓칠세라 신경을 곤두서게 만드는 서너 대의 통학 버스와 통근 열차까지. 얼마나 정신없게 만들었던가! 이 모든 것들이 여성을 남편으로부터 멀어지게 만들고, 부부의 순수한 관계를 휘저어 놓는다. 그러나 식탁을 사이에 두고 단둘이 앉아 있다면 이들을 갈라놓을 게 무엇이란 말인가? 이들 사이를 막고 있는 것이라고는 커피포트와 옥수수 머핀, 마멀레이드가 전부다. 남편과 단둘이 먹는 아침 식사란 정말 소박한 즐거움인데도, 바쁜 일상 속에서 부부가 이런 시간을 갖는다는 게 얼마나 힘든 일인지 모른다.

부부 사이뿐만 아니라 부모 자식 사이에서도 순수한 관계로 돌아가는 시간을 가질 수 있다면 참 좋을 것이다. 해돋이조개를 만지작거리면서 나는 하루에 몇 시간이 아니라 한 달 또는 일 년 중 일정 기간 동안 아이 하나만 데리고 단둘이서 지낼 수 있다면 얼마나 좋을까, 생각해본다. 아이들은 더 행복해지고, 더 큰 강인함과 안정감을 느껴서 결국에는 독립심이 강해지지 않겠는가? 아이들은 어머니와 순수한 관계를 맺었던 '아기' 시절을 자기도 모르게 그리워하지 않을까? 방문을 닫고 어머니 홀로 남아 자신에게 젖을 물리던 그 시절 말이다. 우리가 이를 실천하여 자녀 한 명 한 명과 둘이서만 시간을 보낼 수 있게 된다면, 아이가 안정감과 강인함을 얻는 것은 물론이고 성인이 된 이후 맺게 될 관계의 중요한 첫 번째 교훈을 배울 수 있지 않을까?

모든 사람은 홀로 온전히 사랑받고 싶어한다. '사과나무 아래 나 말고는 다른 누구와도 앉지 마세요'라는 노랫말이 있다. 어쩌면 이는, 오든*의 시구처럼, 인간이 지닌 근본적 결함인지도 모른다.

여자나 남자나

타고난 결함 때문에

가질 수 없는 것을 갈망한다

보편적 사랑이 아니라

홀로 사랑받고 싶다는 갈망

이것이 그토록 죄가 된단 말인가? 이 시구에 대해 인도 철학자와 대화를 나누던 중에 나는 명쾌한 답을 얻었다.

"사랑을 독차지하고 싶어하는 마음에는 문제가 없습니다. 서로 주고받는 것이 사랑의 본질이지요. 두 사람 사이에는 누구도 끼어들 수 없습니다. 이것을 시간적인 관점에서 바라볼 때 문제가 생기는 겁니다. 우리가 끊임없이 혼자서만 사랑받기를

---

* 위스턴 휴 오든: 영국 태생의 미국 시인이자 비평가.

갈망할 때 잘못을 저지르지요.”

하나뿐인 사랑, 하나뿐인 짝, 하나뿐인 어머니, 하나뿐인 안
정감 등 ‘하나뿐’이라는 신념을 낭만적으로 고집하는 동시에 이
‘하나뿐’인 것이 영원하길, 평생 지속적으로 존재하기를 바란
다. 이처럼 지속적으로 혼자만 사랑받고 싶어하는 욕망을 나는
인간의 ‘타고난 결점’이라고 생각한다. 언젠가 이 비슷한 이야
기를 나누던 중에 친구가 말했다.

“유일무이란 없어. 그저 소중한 여러 순간이 존재할 뿐이
지.”

정말 소중한 순간은 하나가 아니다. 그리고 비록 잠시일지
라도 우리는 그런 소중한 순간으로 돌아가야 한다. 마멀레이드
를 머핀에 곁들이는 순간이 소중하고, 자녀에게 젖을 물리는 순
간이 소중하고, 훗날 그 아이와 함께 해변을 달리는 순간이 소
중하다. 아이와 함께 조개껍데기를 줍고, 알밤을 닦고, 해변에
서 찾은 보물을 서로 나누고. 둘이서만 따로 떨어져서 보내는
이 모든 순간이 소중하지만, 영원하지는 않다.

결국 우리는 영원히 순수한 관계는 없다는 사실 그리고 있
어서도 안 된다는 사실을 깨닫는다. 심지어 갈망할 만한 것조차

되지 못한다. 순수한 관계는 시간으로 보나 공간으로 보나 한계가 극명하다. 그리고 본질적으로 배타적이다. 순수한 관계는 삶의 나머지 부분, 다른 인간관계, 성격의 이면, 다른 일에 대한 의무, 미래에 존재할지 모를 다른 가능성을 모두 배제한다. 성장을 제한한다. 생각해보라. 굳게 닫힌 수유실 문 너머에는 다른 아이들이 아우성친다. 그들 역시 내가 사랑하는 아이들이다. 옆방에서 전화기가 울려댄다. 나도 친구들과 대화를 나누고 싶다. 머핀 접시가 비고 나면, 나는 다음 끼니 또는 다음 날 식사를 생각해야 한다. 이런 것들 역시 배척할 수 없는 우리의 현실이다. 삶은 계속 되어야 한다. 그렇다고 해서 함께 또는 홀로 짧은 휴가를 떠나는 일이 시간 낭비라는 의미는 아니다. 오히려 그런 소중한 순간들이야말로 기분 전환이 되는, 보람찬 시간이다. 아침이 차려진 아담한 식탁에 비치는 한 줄기 빛이 그날 하루를, 아니 여러 날을 환히 밝혀줄 것이다. 해변에서 함께 달리다 보면 바닷물에 들어가 한바탕 수영하며 놀던 어린 시절이 되살아나면서 인생을 새로운 눈으로 바라볼 수 있게 된다. 그렇지만 우리는 더 이상 어린아이가 아니며 바닷가를 배경으로 살고 있는 것도 아니다. 그러므로 영원한 회귀를 바라자는 것이 아니라 새로운 기분을 느끼자는 것이다.

살다 보면 결국 지난날의 관계로 영원히 돌아가기란 불가능하다는 사실을, 나아가 인간관계를 더 깊고 변함없는 특정 형태로 붙잡아둘 수 없다는 사실을 배운다. 이는 비극이 아니라 오히려 삶과 성장이 끝없이 되풀이되는 기적의 일부다. 살아 있는 모든 관계가 변화와 확장이라는 과정 속에 있으므로 우리는 늘 관계를 새로운 형태로 다져 나가야 한다. 그러나 변화하는 관계를 드러내는 단 하나의 형태란 존재하지 않는다. 이어지는 각각의 단계에 맞게 다양한 형태가 있을 것이다. 결혼생활을 포함한 모든 인간관계 속에 저마다 다른 단계가 담겨 있다는 것을 잊지 않기 위해서 나도 책상 위에 서로 다른 조개껍데기들을 나란히 늘어놓아야겠다.

맨 앞에는 해돋이조개를 놓을 것이다. 첫 번째 단계를 상징하기에 가장 적합하다고 생각해서다. 하나의 경첩으로 이어진 두 쪽의 껍데기가 만나는 순간마다 완벽하게 맞물리며 서로에게 새날의 여명처럼 밝은 빛을 뿜어주는 온전한 조개껍데기. 이 것은 이 자체로 하나의 세상이다. 바로 이것이야말로 시인들이 항상 묘사하려고 애써 오던 것이 아닐까?

이제 아침이 밝았구나, 잠에서 깨어나

두려움 없이 서로 마주하는 우리의 영혼이여,

사랑을 위해, 다른 것을 향한 모든 사랑을 자제하리니,

자그마한 방 하나가 무한한 공간이 되는구나

바다 탐험가들은 새로운 세계를 찾으러 떠나게 하고,

다른 세계가 그려진 지도는 다른 이들에게 넘겨주자.

우리가 지닌 각자의 세계가 모여 하나가 되고,

우리는 하나의 세계를 품는다

그러나 존 던이 묘사한 '자그마한 방'은 너무 작은 세상이라 어쩔 수 없이 금세 좁게 느껴질 것이다. 아름다운 해돋이조개는 연약하고 덧없지만, 그렇다고 의미 없는 것은 아니다. 영원하지 않다고 해서 냉소적인 함정에 빠져 이를 환영이라고 부르지는 말자. 지속성은 진위를 가리는 기준이 아니다. 잠자리와 누에나 방의 생애 주기가 짧다고 해서 이들의 낮과 밤이 의미 없는 것은 아니다. 의미가 있고 없고는 시간, 기간, 지속성과 무관하다. 이는 다른 차원에서, 다른 기준으로 판단되는 것이다. 오히려 시간과 공간에 존재하는 순간이 중요하다. 그리고 현실이란 하

나의 시간과 하나의 공간에 존재할 때 의미를 갖는다.

해돋이조개는 아름답고 덧없는 모든 것에 영원한 의미를 부여한다.

굴

그럼에도 우리는 관계가 오래도록 지속되기를 바란다. 최소한 결혼생활만큼은 반드시 그러하길 갈망한다. 관계의 지속, 그것이 바로 결혼 아니겠는가? 물론 틀린 말은 아니지만, 결혼생활이 단 하나의 형태나 단계에서 지속돼야 하는 것은 아니다. 해돋이조개의 단계에만 머물 필요는 없다는 것이다. 해돋이조개 말고도 내게 도움이 된, 책상 위에 올려둘 조개껍데기가 많이 있다. 그런 껍데기들은 귀한 것이 아니다. 해변에 지천으로 널려 있는 조가비들이지만 하나하나가 모두 특별하다. 똑같이 생긴 껍데기는 없다. 조개껍데기들은 저마다의 삶 속에서 살아남기 위해 애쓰며 주어진 환경에 맞게 자기만의 형태를 만들어 간다.

내 손에 들린 이것은 불룩하게 솟은 등에 작은 조개껍데기를 잔뜩 붙이고 있는 굴 껍데기이다. 불규칙하고 울퉁불퉁한 게 어딘가 고르지 못하게 성장한 모습이다. 복작거리는 식구들과 살아가기 위해 여기저기에 방을 하나씩 하나씩 늘리는 대가족의 집이 떠오른다. 여기 테라스는 아이들 낮잠 방, 저기 베란다는 놀이방, 이 창고에는 여분의 차를 대어 놓고, 저 창고에는 자전거를 보관하고. 굴 껍데기를 보고 있으면 결혼한 많은 중년 여성의 삶과 마찬가지로 현재의 내 삶과도 너무나 닮아 있어 참 재미있다. 굴 껍데기는 온갖 것들로 잔뜩 뒤덮여 있어서 어딜 봐도 너절하다. 지금은 텅 빈 채로 파도에 떠밀려 왔으나, 굴이 살아 있을 때는 바위에 단단히 달라붙어 있었을 것이다.

그렇다, 나는 굴 껍데기가 결혼한 중년 여성을 표현하기에 아주 적합하다고 생각한다. 굴의 삶은 투쟁 그 자체다. 굴은 완벽히 맞물려 단단히 붙어 있을 만한 바위를 차지하기 위해 고투한다. 마찬가지로 많은 부부도 결혼생활의 대부분을 세상에서 자리잡기 위해 고군분투한다. 가장 먼저 가정과 자녀를 돌볼 수 있도록, 이들이 속한 사회 속에서 둥지를 트고 자리잡을 수 있도록 부부는 전쟁을 치른다. 이런 삶을 살다 보면 얼굴을 마주하고 앉아 아침 식사를 함께할 시간이 많지 않다. 이 시기에 이르면 '사랑은 마주보는 게 아니라 (완벽한 모양의 해돋이조개는 마주보지만!) 나란히 같은 방향을 바라보는 것이다'라는 생텍쥐페리의 말이 옳았다는 걸 깨닫는다. 사실 남자와 여자는 같은 방향을 내다볼 뿐만 아니라 같은 방향성을 가지고 함께 일한다. (바위를 끊임없이 뒤덮는 굴들을 관찰해보라.) 그렇게 서로 결속, 뿌리, 단단한 기반을 형성해 나간다. (바위에 붙은 굴을 떼어내려고 해보면 무슨 말인지 알 것이다!) 그러면서 우리는 인류 사회라는 공동체의 일부가 되어간다.

그러는 동안 부부 사이에는 결혼생활의 유대가 형성된다. 결혼이라고 하면 하나의 결합이라고들 이야기하지만, 사실 이 단계가 되면 강도와 질감이 다른 수많은 실 가락들이 팽팽하고 견고하게 엮이면서 끊기지 않는 하나의 거미줄이 된다. 사랑으로 엮인 거미줄. 사랑으로 엮여 있긴 하지만 아주 다양한 사랑으로 이루어진 거미줄이다. 낭만적 사랑으로 시작하여 서서히 커지는 헌신 그리고 그 사이 끊임없이 커지는 동지애까지. 이 거미줄에는 의리, 상호의존, 함께 나눈 경험이 녹아 있으며 결합과 갈등, 승리와 좌절의 기억들로 짜여 있다. 이 거미줄은 소통의 선이자 공동의 언어인 셈이다. 동시에 언어로는 나누지 못했던 것들까지도 거미줄을 통해 이어진다. 서로의 신체적·정신적 호불호, 취미, 습관을 알아가면서 만들어진 거미줄. 본능과 직관 그리고 알게 모르게 서로 교류하며 짜 온 그물이다. 결혼이라는 거미줄은 하루하루 나란히 같은 방향을 내다보고 같이 일하며 쌓이는 친밀함으로 만들어진다. 그 자체로 인생이라고 할 수 있는 시간과 공간 속에서 만들어진 것이기도 하다.

그러나 낭만적인 사랑의 유대는 또 다르다. 친밀함이나 습관, 공간, 시간, 삶 그 자체와는 거의 상관이 없다. 마치 무지개처럼, 번쩍이는 섬광처럼 이 모든 것을 뛰어넘는다. 해돋이조개의 양쪽 껍데기를 엮어주는 것은 낭만적인 사랑의 유대, 경첩하나뿐이다. 이 연약한 연결고리가 폭풍 속에서 끊어지기라도 한다면, 이 두 쪽의 껍데기를 무엇이 이어주겠는가? 결혼이 굴의 단계에 이르면, 낭만적인 사랑은 두 사람이 그동안 함께 엮어온 복잡하고 튼튼한 거미줄을 지탱하는 수많은 유대 가운데하나일 뿐이다.

나는 굴 껍데기를 아주 좋아한다. 굴 껍데기는 변변찮고 괴이하고 못생겼다. 충충한 잿빛에다가 대칭도 맞지 않는다. 애초에 아름답게 태어난 게 아니라 살아가기에 적합한 외형으로 만들어진 것이다. 울퉁불퉁 혹이 난 모습을 보며 나는 수수께끼도 한다. 가끔은 굴이 짊어지고 있는 부담과 혹들이 원망스럽기도 하다. 그러나 지칠 줄 모르는 적응력과 끈기를 보고 있노라면 감탄이 절로 나온다. 눈물이 날 때도 있다. 평범하고 친숙한 굴 껍데기는 손에 꼭 맞는 낡은 정원용 장갑만큼 편안하다. 이 굴 껍데기를 내려놓고 싶지 않다. 나는 굴을 떠나고 싶지 않다.

그렇다면 굴 껍데기가 결혼의 영원한 상징이 될 수 있을까? 굴 껍데기의 단계는 해돋이조개의 단계보다 더 오래도록, 영원히 지속되는 것일까?

인생의 썰물이 진다. 테라스와 창고를 확장해 불뚝불뚝해 진 집이 이제 조금씩 조금씩 비어간다. 아이들은 학교로 떠나고, 결혼도 하고 그렇게 자신의 삶을 살아간다. 중년이 되면, 사회에서 자신의 위치를 이미 다진 상태이거나 이를 얻으려는 노력을 그만둔 상태가 대부분이다. 생활, 지위, 인간관계, 물질과 재산을 향한 엄청난 집착. 이런 것들이 본인이나 자녀의 안전을 확보하기 위해 애썼던 그 시절만큼 지금도 그렇게 필요한가? 물질적인 것을 얻기 위한 투쟁은 성공해서든 실패해서든 어쨌든 이미 끝나버렸다. 그렇다면 굴 껍데기들이 아직도 바위에 붙어 있어야 할 이유가 무엇인가? 결혼한 부부가 중년에 이르면, 이제 제 기능을 잃어 쓸모없어진 껍데기 속에 고립되어 있는 자신을 발견한다. 그러면 어떻게 해야 할까? 지금부터 죽음을 준비해야 하는 것일까? 아니면 또 다른 형태, 다른 경험의 세계로 넘어가야 하는 것일까?

이제 해돋이조개의 단순하고 폐쇄적인 세계로 돌아갈 때라고 말하는 사람이 있을지도 모른다. 드디어 부부가 함께 머핀과 마멀레이드를 즐길 시간이 다시 찾아왔노라고! 그러나 현실은 그렇지 않다. 꽉 닫혀버린 세계로는 돌아갈 수 없다. 빈틈없는 대칭을 이루는 두 쪽의 껍데기를 열고 들어가기에는 이제 우리가 너무 성장했고, 다면화되었다. 그 어떤 조개껍데기로도 되돌아갈 수 없을 만큼 성장해버린 것이다.

어쩌면 중년이란 야망의 껍데기, 부의 축적과 소유물의 껍데기, 자아의 껍데기와 같은 것들을 벗는 시기 또는 벗어야만 하는 시기인지도 모른다. 이 단계에 이르면 우리는 바닷가에서 그랬던 것처럼 자만, 거짓된 야망, 가면, 갑옷 따위를 버릴 수 있을 것이다. 애초에 경쟁 사회로부터 스스로 보호하기 위해 입었던 갑옷이 아니었던가? 경쟁을 멈춘다면 더 이상 입고 있을 이유가 없지 않을까? 늦어도 중년이 되면 마침내 온전한 자신의 모습을 되찾을 것이다. 얼마나 큰 해방감인가!

물론 젊었을 때처럼 모험을 즐기지는 않을 것이다. 이 시기에 이르러서 새로운 일을 시작하거나 새로운 가정을 꾸리는 사람은 보기 드물다. 신체적, 물질적, 세속적 야망을 품더라도 대부분은 이십 년 전과 비교했을 때 달성할 가능성은 크게 낮다. 그러나 이 또한 마음 편한 일이 아닌가?

"저는 이제 뉴포트 Newport 의 꽃이라는 소리를 듣지 못할까 봐 걱정하지 않아요."

재능 있는 예술가로 인정받은 아름다운 여성이 내게 이런 말을 한 적이 있었다. 그리고 나는 버지니아 울프의 작품에 등장하는 한 주인공을 좋아하는데, 중년이 된 그는 현실을 받아들이며 이렇게 이야기한다.

"내게서 많은 것들이 떨어져 나갔어. 내가 욕망보다도 오래 산 탓이지…. 한때 생각했던 것만큼 내게 재능이 많지 않더군. 내 능력으로는 할 수 없는 일이 얼마나 많은지. 어려운 철학 문제들은 앞으로도 이해할 수 없을 거야. 로마 정도가 내가 떠날 수 있는 한계일 테지…. 난 타히티의 토인들이 활활 타는 횃불

아래서 죽창으로 물고기를 잡는 광경이나 사자가 정글을 뛰어다니는 장면, 벌거벗은 사내가 날고기를 먹는 모습을 결코 보지 못할 거야 …." (이제 그만! 계속해서 읊조리는 주인공의 목소리가 들리는가!)

　사오십 년 전, 그러니까 인생의 오전이라고 볼 수 있는 청춘의 야성적이고 육체적이었던 삶은 이제 끝났다. 그러나 여전히 오후의 시간이 존재한다. 오전처럼 열정적으로 달리지는 못하더라도 그동안 열띤 경주를 하느라 뒷전이었던 지적, 문화적, 정신적 활동을 하는 시간을 드디어 누릴 수 있게 되었다. 젊음, 활동, 물질적 성공을 지나치게 강조한 우리는 노년이 결코 닥치지 않을 것처럼 행동하며 인생의 오후를 하찮게 여기는 경향이 있다. 부자연스러운 노력에 지나치게 욕심을 부리고 과로하면서까지 어떻게든 시간을 되돌려 오전을 연장하려고 애쓴다. 물론, 그래 봐야 성공하지 못하는 건 당연하다. 아들딸들과 무슨 수로 경쟁할 수 있겠는가? 게다가 이리저리 날뛰는 혈기 왕성한 젊은이들과 경주를 한다니 얼마나 고단하겠는가! 이토록 숨 가쁘게 달리다가는 오후에 피는 꽃을 놓치기 십상이다.

　중년을 제 2의 개화기, 제 2의 성장기, 아니면 제 2의 사춘기로 볼 수는 없을까? 전반적으로 우리 사회는 인생의 후반기를 이런 식으로 해석하는 데 도움을 주지 않는 분위기다. 그래서인지 확장하는 이 시기를 비극적인 것으로 잘못 생각하는 경우가 많다. 많은 사람들이 사십 대에서 오십 대로 넘어가는 이 시기를 몹시 힘들어한다. 성장의 전조인 욕구불만, 초조, 근심, 절망, 갈망 따위는 내가 보기에 사춘기의 징후와 비슷한데, 이를 쇠퇴의 징후로 잘못 해석하려 든다. 청년기에는 이런 징후를 성장통으로 여기며 있는 그대로 받아들인다. 그들은 이러한 징후에 귀 기울이면서 그것이 이끄는 대로 따라간다. 물론 두려운 일이다. 누구나 그렇다. 숨이 막힐 정도로 텅 빈 공간에서 활짝 열린 문을 앞에 두고 두려움을 느끼지 않을 사람이 어디 있겠는가? 그러나 두려움을 이겨내고 방을 가로질러 그 너머로 가지 않았던가.

그러나 중년이 되면, 쇠퇴의 시기라는 잘못된 추정 때문에 성장의 전조를 역설적이게도 죽음이 다가오는 징조라고 오해한다. 그렇기 때문에 이에 맞서는 대신 우울, 신경 쇠약, 음주, 불륜, 의미 없이 자신을 괴롭히는 과로 속으로 피해버린다. 정면으로 부딪쳐보기도 전에 이 징후들로부터 배울 수 있는 모든 것에서 도망치는 것이다. 천사의 고지일지 모르는데 마치 악령을 보기라도 한 듯 성장의 징후를 제거하려고, 쫓아내려고 애쓴다.

그렇다면 도대체 무엇을 알리려는 천사란 말인가? 새로운 일상의 단계를 알리는 천사다. 우리는 물질적 투쟁, 세속의 야망, 활동적 삶이라는 물리적 부담을 떨쳐내야 그동안 방치했던 자신의 이면을 충족할 만큼 자유로워질 수 있다. 정신, 마음, 재능의 성장을 위한 해방이며 마침내 입을 앙다무는 해돋이조개를 떠나 자유로워질 수 있다. 해돋이조개는 분명 아름답지만, 이는 우리가 뚫고 나아가 성장해야 하는 닫힌 세계다. 그리고 언젠가는 굴 껍데기마저도 (아무리 편안하더라도) 좁다고 느낄 때가 올 것이다.

아르고노트

해변 세계에는 아주 희귀한 생물도 있다. '아르고노트'라는 조개낙지인데, 이 생물은 껍데기에 고정되지 않은 채 살아간다. 껍데기는 모체 조개낙지가 알을 낳고 새끼를 키우는 요람인 셈이다. 알에서 부화한 새끼가 바다로 헤엄쳐 나가면, 모체 조개낙지도 껍데기를 버리고 떠나 새로운 삶을 시작한다. 전문가의 귀한 수집품으로만 접했던 아르고노트의 임시 거처를 마주한 나는 그 아름다운 모습에 푹 빠졌다. 투명하다시피 맑은 백수선화 빛 바탕에 그리스 기둥의 무늬처럼 섬세하게 세로 홈이 파인 이 껍데기는 미지의 바다로 떠나려는 고대의 코러클 배*만

* 나무를 엮어 바구니 모양으로 만든 둥그렇고 작은 배로 고대부터 사용되었다.

큼이나 가볍다. 책에서 보니 아르고노트라는 이름은 이아손*이 '황금 양털'을 찾으러 갈 때 탔던 신화 속 배에서 따온 이름이며, 선원들은 이 조개를 맑은 날씨와 순풍의 징후로 여겼다고 한다.

어여쁜 조개껍데기를 보고 있자니 이런저런 생각이 떠오른다. 이 조개껍데기도 관계의 또 다른 단계를 나타내는 상징이 될 수 있을까? 우리도 중년이 되어 굴 껍데기가 좁게 느껴지면, 자신의 껍데기를 버리고 드넓은 바다로 떠나는 아르고노트처럼 자유로워질 수 있을까? 드넓은 바다에는 무엇이 기다리고 있을까? 무턱대고 인생의 후반부에는 '맑은 날씨와 순풍'만 있으리라고 믿을 순 없는 노릇이다. 어떤 황금 양털이 중년의 우리를 기다리고 있을까?

알다시피 아르고노트 껍데기를 웬만한 수집품 사이에서 보기는 매우 어렵다. 해돋이조개나 굴은 대부분이 이미 알고 있는 조개들이다. 많은 사람들이 한눈에 알아보며, 특징이 무엇인지도 잘 알고 있다. 우리 일상의 일부 같은 조개들이다. 그러나 이제, 움푹한 접시처럼 생긴 이 희귀하고 정교한 선박에 올라탄

---

* 그리스 신화에 등장하는 영웅으로, 아르고호 원정대를 이끌었다.

우리는 이미 아는 사실과 경험이라는 익숙한 해변을 뒤로 하고 먼 바다로 떠난다. 지도에도 없는 상상의 바다로 모험을 떠나는 것이다.

우리를 기다리는 황금 양털이라는 게 혹시 성장을 위한 새로운 자유일까? 그렇다면 이 새로운 자유 안에는 관계가 자리 잡을 여지가 조금이라도 존재하는 것일까? 나는 굴 껍데기의 단계를 벗어나면 최고의 관계를 맺을 기회가 찾아온다고 믿는다. 해돋이조개처럼 제한적이고 상호 배타적인 관계가 아니라, 굴처럼 기능적이고 의존적인 관계가 아니라, 이 단계에서는 완숙한 두 사람의 만남이 이루어질 것이다. 스코틀랜드 철학자인 맥머레이의 정의를 빌리자면, 온전한 인간관계, 즉 '하나의 개체로서 자신을 온전히 쏟아부어 맺는 관계'가 될 것이다. 맥머레이는 이렇게 말한다.

"숨겨 놓은 동기 따위는 없다. 이들의 관계는 특별한 이해를 기반으로 하지 않으며, 제한적이고 편파적인 목적을 달성하려 들지 않는다. 모든 가치는 이들의 내면에 존재하며, 그렇기 때문에 다른 모든 가치를 초월한다. 인격 대 인격으로서 맺은 관계이기 때문이다."

거의 반 세기 전에 독일의 시인 릴케가 이 같은 관계에 대해 한 말이 있다. 릴케는 남녀 관계에 찾아올 엄청난 변화를 예견하며, 그 변화를 통해 사람들이 더는 복종과 지배 또는 소유와 경쟁이라는 전통적인 패턴을 따르지 않게 되기를 소망했다. 그러면서 성장의 여지와 자유가 있는 상태, 두 사람이 서로의 존재를 통해 해방되는 상태를 그렸다. 그가 내린 결론은 이렇다.

"상대를 위해서라도 스스로 하나의 온전한 세계가 되어야 한다, … 한없이 사려 깊고 부드러우며 붙잡거나 놓아주는 데에 선하고 명확한 사랑, 다시 말해 더욱 인간적인 사랑은 우리가 지금 애써 준비하는 사랑을 닮아 있을 것이다. 고독한 두 사람이 서로를 보살펴주고 어루만지며 존중하는 그런 사랑과도 가깝다."

그러나 인격 대 인격의 만남이라는 이 새로운 관계, 더욱 인간적인 사랑, 고독한 두 사람의 만남이라는 것이 쉽게 찾아오지는 않는다. 뿌리 깊은 나무의 성장이 그렇듯 이 또한 서서히 자라난다. 인류 문명의 역사 속에서 그리고 개개인의 일상 속에서 아주 오랜 과정을 지나야만 이루어질 수 있는 것이다. 나는 인생에 찾아오는 이런 단계가 선물이나 우연한 행운이 아니라 진화 과정의 일부로서, 두 사람 각각의 발전과 성취를 통해서만 얻을 수 있는 것이라고 생각한다.

이는 여성이 (개별적으로든 여성 전체적으로든) 성년이 되기 전까지는, 오늘날 우리가 알고 있는 성숙의 과정을 거치지 않고서는 도달할 수 없는 일이다. 여성은 이 일을 반드시 혼자 해내야만 한다. 남자가 아무리 열성적으로 방향을 제시해준다고 하더라도 그들의 도움에 크게 의지할 수 없다.

오늘날 사회 곳곳에서 신여성에 관심을 보이는데, 이러한 관심은 대체로 여성을 생물학적 개체로 바라보는 기계적 연구 형태로 드러난다. 물론 여성이 자신의 성적 욕구와 습관을 이해하고 받아들이는 일은 꼭 필요하고 또 유용하지만, 그것은 매우 복잡한 문제의 일면일 뿐이다. 여성의 신체 반응을 통계로 나타낸다고 하더라도 그 안에 여성의 내적 생활, 자기 자신과의 근본적인 관계, 오래 미루었던 희망과 권리, 단지 육체적인 것 외에 다른 방식으로 창조적이고 싶은 인간으로서의 욕구에 대한 지식이나 자양분이 담길 수는 없는 일이다.

여성은 혼자 힘으로 성년이 되어야 한다. 홀로서기를 배우는 것이야 말로 '성년이 된다는 것'의 본질이다. 여성은 남에게

의존하지 않는 법을, 타인과 경쟁함으로써 자신이 강하다는 것을 증명해 보여야 한다고 생각하지 않는 법을 배워야 한다. 과거에는 많은 여성이 빅토리아니즘*과 페미니즘이라는 의존과 경쟁의 상반된 극 사이를 오갔다. 양극단 모두 여성을 중심에서 밀어내 균형을 잃게 한다. 어느 쪽도 온전한 여성이라는 진정한 중심이 되지 못한다. 여성은 오로지 스스로 자신의 진정한 중심을 찾아야 한다. 그리하여 온전해져야 한다. '고독한 두 사람'이라는 관계의 서막으로서, 여성은 릴케의 말마따나 '상대를 위해서라도 스스로 하나의 온전한 세계'가 되어야 한다.

사실 이 영웅적 위업을 남성과 여성이 함께 달성해야 하는 게 아닌가 싶다. 남성도 마찬가지로 스스로 하나의 세계가 되어야 하지 않겠는가? 남성도 그동안 소홀히했던 내적 측면을 확장해야 하지 않겠는가? 이를테면 활동적이고 외향적인 삶을 사느라 시간을 거의 할애하지 못했던 내면을 들여다보는 기술과 즐길 기회가 많지 않았던 개인적 인간관계, 너무 바삐 달리느라

---

*   기독교를 바탕으로 한 도덕적 이상주의로, 엄격한 성 윤리를 강조하며 영국 빅토리아 시대의 문화를 지배했다.

온전히 개발할 수 없었던 미적, 감성적, 문화적, 정신적 소양을 포함한, 이른바 여성적 자질이라고 하는 데에도 관심을 가져야 하지 않을까? 어쩌면 미국의 남성과 여성 모두가 물질지향적, 외부지향적, 활동지향적, 남성 중심적인 오늘날의 문화 속에서 마음, 정신, 영혼 등 여성적인 자질(그러나 이런 자질은 여성적인것 도 남성적인것도 아닌 그동안 등한시했던 인간의 자질일 뿐이다)에 굶 주려 있을지도 모른다. 이러한 길을 따라 성장할 때 우리는 온 전한 하나가 되고, 개인이 스스로 하나의 세계가 될 수 있을 것 이다.

개개인이 더욱 온전해진다는 것, '자기 세계'를 구축한다는 것은 더 큰 자기만족의 상태가 된다는 의미인데, 그렇다면 남녀 사이가 더 멀어지는 것은 아닐까? 성장에는 분화와 분리가 따 르게 마련이다. 하나의 나무줄기가 성장하며 사방팔방으로 가 지를 뻗고 잎을 내는 것처럼 말이다. 그래도 밑동은 여전히 하 나이고, 분화되고 분리된 부분들은 한 그루의 나무로서 서로 도 우며 살아간다. 분리된 두 세계 또는 고독한 두 인간은 각자 불 완전한 반쪽짜리일 때보다 서로에게 줄 수 있는 게 분명 더 많 을 것이다. 릴케는 말했다.

"두 사람이 서로 완벽하게 공유한다는 것은 불가능하다. 그런데도 그런 듯 보인다면 그건 둘 중 한 사람 또는 둘 다의 완전한 자유와 발전을 빼앗아도 좋다는 상호 합의를 가까스로 이루었기 때문이다. 그러나 심지어 가장 가까운 사람 사이에도 무한한 거리가 존재한다는 사실을 깨닫고 인정한다면, 함께 나란히 서서 멋진 생활을 영위할 수 있을 것이다. 두 사람 사이에 놓인 거리까지 사랑하는 데 성공한다면 드넓은 세상 속의 상대방을 온전하게 바라볼 수 있으리라!"

참으로 아름다운 말이지만, 이를 실생활에서 실현할 수 있는 사람이 있을까? 시인의 편지 속에서가 아니라 실제로 주변에서 이런 결혼생활을 하는 부부를 본 적이 있는가? 릴케가 이야기하는 고독한 두 사람, 맥머레이가 말하는 완전한 개체로서 맺는 인간관계는 아직 다분히 이론적 개념에 불과하다. 그러나 이론은 탐구를 선도한다. 그러므로 우리는 황무지를 건너가는 데 도움이 될 만한 이정표를 찾아 적극 활용해야 한다. 사실상 우리는 전통, 인습, 도그마의 미로를 빠져나갈 새로운 길을 개척하는 선구자이기 때문이다. 우리의 노력은 남녀 관계, 아니 사실 모든 인간관계에 대한 개념을 성숙하게 정립하려는 투쟁의 일환이다. 그런 면에서 이해의 폭을 넓히는 데 조금이라도 도움이 된다면 그 모든 게 가치를 지닌다. 불확실하고 머뭇거리는 걸음이라고 하더라도 한 걸음씩 앞으로 나아간다면 의미 있고 가치 있는 일이다. 나아가 우리는 아르고노트의 완전한 생애까지는 아니더라도 우리 삶 속에서 그들 생애의 일면을 경험했다. 그 짧은 경험을 통해서도 우리는 새로운 관계란 어떤 모습일지 통찰할 수 있을 것이다.

이 섬에서 나는 아르고노트의 삶을 조금이나마 엿보고 있다. 여기서 홀로 일주일을 보낸 뒤 여동생이 찾아와 함께 일주일을 지냈다. 여기서 나는 그날들 중 하루를 꺼내어 보려고 한다. 조개껍데기들을 책상에 나란히 올려둔 것처럼 그 하루를 내 앞에 꺼내어 놓고 이리저리 들여다 보며, 어떤 점이 좋았는지 찾아보려 한다. 일주일의 휴가에서 뽑아낸 이 하루처럼 내 인생이 완벽해지길 바라서가 아니다. 세상에 완벽한 삶은 없다. 자매 관계는 남녀 관계와 또 다르다. 그러나 관계의 본질만큼은 그대로일 것이다. 어떤 사이든 선한 관계에서 뿜어 나오는 빛은 모든 관계를 환히 밝혀준다. 그리고 완벽한 하루는 (어쩌면 신화 속에 등장하는 아르고노트의 삶과 같은) 더욱 완벽한 삶을 향한 실마리를 던져줄지도 모른다.

*

아담한 방에서 착한 아이들처럼 쌔근쌔근 자고 있던 우리는 나무 사이로 불어오는 부드러운 바람 소리와 마치 숨소리처럼 들려오는 바닷가의 잔잔한 파도 소리에 눈을 뜬다. 맨발로 달려나간 해변은 보드랍고 매끈하며 밤물결이 남기고 간 촉촉한 조개들로 반짝인다. 아침 수영은 자연이 주는 축복이자 세례이다. 수영하는 동안 나는 세상의 아름다움과 경이로움을 새삼 깨닫는다. 따뜻한 커피 생각에 마음이 들썩인 우리는 자그마한 베란다로 다시 뛰어온다. 어린이용 식탁을 사이에 두고 의자 두 개를 가져와 앉으니 베란다가 꽉 들어찬다. 햇살에 맨 다리를 드러내 놓고 우리는 깔깔거리며 하루의 계획을 짠다.

씻을 거리도 별로 없는 그릇들이라 별다른 과정 없이 그저 가볍게 헹구어낸다. 우리는 각자의 일을 하기 위해 이리저리 오가면서도 서로 부딪히지 않고 그저 물 흐르듯 편안하게 함께한다. 바닥을 쓸거나 빨래를 널거나 정리를 하면서도 우리는 어떤 인물과 시에 대한 감상, 추억을 회상하며 쉴 새 없이 떠든다. 집안일보다 우리의 대화가 더 소중하기에 자질구레한 일들을 아무 생각 없이 기계적으로 해치운다.

그러고 나면 우리는 서로를 방해할 생각이 눈곱만큼도 없다는 듯 방으로 들어가 각자의 일을 한다. 잠에 빠지듯, 바다에 잠기듯 일에 푹 빠져 나 자신을 잊고, 서로를 잊고, 지금 어디에 있는지, 다음은 무엇을 해야 하는지도 잊은 채 글을 쓰고 있으면 얼마나 큰 해방감이 드는지 모른다. 연필과 노트가 아무렇게나 널브러진 책상에는 빼곡한 글씨로 푸르스름해 보이는, 오그라진 원고지가 수북이 쌓인다. 시간이 얼마나 흘렀을까. 배를 쿡쿡 찌르는 허기를 느낀 우리는 마침내 늦은 점심을 챙기기 위해 멍한 얼굴로 자리에서 일어난다. 온 신경을 집중한 탓에 잠시 어지럽지만 점심을 준비하다 보니 금세 편안해진다. 마치 이 자질구레한 일이 우리를 현실로 이어주는 생명선이기라도 한 것처럼. 마치 지적 노동의 바다에 빠져 거의 익사할 뻔했던 우리가 신체 활동이라는 단단한 대지에 마침내 두 발을 딛고 안도하는 것처럼.

한 시간 남짓 집안일을 한 뒤 다시 나갈 채비를 한다. 오후에 바다로 나간 우리는 해야 할 현실적인 모든 일들을 깨끗하게 잊는다. 저기 저 앞, 우리에게 들리지 않는 내면의 리듬에 맞추어 발레단처럼 움직이는 도요새 무리를 따라 우리도 말 없이, 그러나 조화롭게 바닷가를 거닌다. 친밀함이 바람에 날아간다. 감정은 파도에 쓸려간다. 우리는 생각에서, 생각의 연결고리에서 자유로워진다. 희끗하게 빛바랜 표류목처럼 머릿속이 맑고 깨끗해진다. 조개껍데기처럼 텅 빈 머리는 이제 바다와 하늘과 바람으로 다시 채워질 준비가 되었다. 바깥 세상이 흠뻑 배어드는 기나긴 오후다.

어슴푸레 땅거미가 질 무렵, 발바닥에 감기는 해초처럼 몸이 무겁고 나른해지면 우리는 따뜻하고 아늑한 오두막집으로 돌아온다. 모닥불을 피워 놓고 앉아 느긋하게 셰리주*를 홀짝인다. 저녁 식사와 함께 대화를 나눈다. 저녁은 대화의 시간이다. 학교 다닐 때의 습관이 남아서일까? 아침은 정신적 노동을 위한 시간이고 오후는 육체적, 야외 활동을 위한 시간이다. 그러

---

* 에스피냐 남부 지방에서 생산되는 백포도주. 식사 전에 식욕을 돋우기 위하여 마시는 술 가운데 최고로 꼽힌다.

나 저녁만큼은 나눔과 소통을 위한 시간이다. 환한 대낮의 뒤를 따라 끊임없이 확장하는 밤의 어두움이 우리를 서로에게서 자유롭게 하는 것일까? 아니면 무한한 공간과 어둠이 우리를 왜소하고 차갑게 만들어 인간의 작은 불빛을 찾도록 만드는 것일까?

우리는 대화를 나눈다. 그러나 지나치게 오래 나누지는 않는다. 좋은 대화는 블랙커피처럼 자극적이어서 지나치면 쉬이 잠들 수 없기 때문이다. 잠자리에 들기 전, 우리는 밤공기를 마시러 한 번 더 바다로 나간다. 별빛이 쏟아지는 해변을 걷는다. 그러다 지치면 가슴에 별을 한아름 안고서 모래 위에 반듯이 드러눕는다. 끝없이 수놓인 별을 바라보고 있으면 우리도 그만큼 넓어지는 것을 느낀다. 하늘의 별이 가슴으로 쏟아져 마침내 흘러넘칠 듯 가득해진다.

이것이 바로 우리가 갈망하는 것들이다. 낮 동안의 일들, 심지어 대화까지도 이제 시시하게 느낀 우리는 하늘을 가득 채운 별이 파도처럼 밀려오는, 밤의 광활함과 장대함을 그리워했던 것이다.

이제 우리는 무한한 별과 별 사이의 공간에서 벗어나 다시 여기, 해변으로 돌아온다. 자욱한 밤안개 사이로 반짝 빛나는 오두막을 향해 걸어간다. (어둠이라는 거대한 혼란에 저항하는 인간의 작은 불빛은) 아늑하고, 안전하고, 따뜻하게 우리를 반겨준다. 그렇게 다시 착한 아이의 단잠에 빠져든다.

*

얼마나 멋진 하루인가. 나는 그날 하루를 손바닥 위에 올려놓고 처음부터 하나하나 곱씹어본다. 그날을 이토록 완벽하게 만든 건 무엇일까? 어떤 패턴이 있는지 실마리를 찾을 순 없을까? 우선 거기에는 자유라는 단서가 있다. 그날의 배경에는 공간의 제약도, 시간의 제약도 없었다. 신기하게도 섬에 있는 동안 우리는 시간과 공간이 무한하다는 느낌을 받았다. 활동의 제약도 없었다. 섬에서는 육체적, 지적, 사회적 생활이 자연스럽게 균형을 이루었고 아무것도 강요하지 않는 하루는 그저 편안했다. 압박감 때문에 일을 그르치는 일도 없고 엇갈리는 의견 때문에 옥조이는 관계도 없다. 스치듯 지나가는 손길에도 친밀함이 짙어진다. 우리는 온종일 무용수처럼 부드럽고 본능적으로 동일한 리듬에 맞춰 하루를 보냈기에 그저 가벼운 접촉이면 충분했다.

좋은 관계란 춤과 같아서 몇 가지 패턴과 규칙이 있다. 두 사람이 서로 단단히 붙잡을 필요는 없다. 모차르트의 무도곡처럼 복잡하면서도 활기차고, 경쾌하면서도 자유로운 리듬 속에서 두 사람 모두 자신 있게 움직이기만 하면 된다. 너무 꽉 부여잡으면 몸을 얼어붙게 만들어 결국 끝없이 변화하는 전개의 아름다움을 방해한다. 자기 물건인 양 잡아채거나 팔에 매달리는 등 고압적인 손길은 불필요하다. 살짝 스치는 듯한 손길이면 충분하다. 그러면 팔짱을 끼든, 얼굴을 마주 보든, 등을 마주 대든, 무엇이든 좋다. 상대방이 자신과 같은 리듬 속에서 움직이고 함께 패턴을 만들어 나가는 동안 자신도 모르게 자양분을 얻고 있다는 것을 다 알기 때문이다.

이러한 패턴 속에서 우리는 창조하는 기쁨과 참여하는 기쁨을 느낀다. 이 순간을 산다는 기쁨 또한 느낄 수 있다. 가벼운 손길과 지금 이 순간에 존재한다는 감정이 한데 어울린다. 음악과 완전히 하나되지 않고서는 춤을 잘 출 수 없다. 스텝을 질질 끌거나 미리 밟아서는 안 되고 그때그때 제 박자에 맞게 포즈를

취해야 한다. 박자에 딱 맞는 완벽한 포즈는, 훌륭한 춤이 그러하듯 편안하고 영원 불멸한 느낌을 준다. 블레이크*도 바로 이런 의미로 아래와 같이 말했을 것이다.

> 기쁨에 집착하는 자는
> 삶의 날개를 파괴하지만,
> 날아다니는 기쁨에 입맞추는 자는
> 영원의 아침에서 살게 되리라

완벽한 박자에 맞추어 춤추는 사람들은 결코 자신이나 상대방의 '삶의 날개'를 파괴하지 않는다.

그렇다면 어떻게 해야 이런 춤의 기술을 익힐 수 있는 것일까? 왜 이렇게 어려울까? 우리가 주저하고 넘어지는 것은 무엇 때문일까? 향수에 젖어 지나간 순간을 잊지 못하거나 다가올 순간을 탐욕스럽게 움켜쥐는 건 모두 두려움 때문일 것이다. 두려움은 '삶의 날개'를 파괴한다. 그렇다면 무엇으로 그러한 두

---

* 윌리엄 블레이크: 영국의 시인이자 화가.

려움을 떨쳐낼 수 있을까? 두려움의 반대 개념인 사랑으로써 가능하다. 가슴에 사랑이 넘치면 두려움, 의심, 망설임이 끼어들 틈이 없다. 그리고 두려움이 없어야 춤을 출 수 있게 된다. 상대방을 사랑하는 만큼 나 또한 사랑받고 있는지 아닌지를 의심하지 않으며 사랑에 푹 빠져 있을 때, 그 사실과 음악에 맞추어 움직이고 있다는 것 외에는 아무것도 모를 만큼 푹 빠져 있을 때, 비로소 두 사람이 같은 리듬 속에서 완벽하게 합을 맞추어 춤 출 수 있게 된다.

그러나 두 사람이 박자에 맞추어 완벽하게 움직이는 이 패턴이 아르고노트의 관계가 의미하는 전부일까? 공유와 고독 사이에서, 본질과 추상 사이에서, 특정한 것과 보편적인 것 사이에서, 가까운 것과 먼 것 사이를 자연스럽게 오가는 시계추처럼 두 사람도 더 큰 리듬 속에 발을 맞추어야 하지 않을까? 그렇게 양극을 오간다면 관계를 더욱 살찌울 수 있지 않겠는가? 언젠가 예이츠*는 인생 최고의 경험이란 '심오한 사상을 나눈 이후 접촉하는 것'이라고 말했다. 사상의 나눔과 접촉 이 두 가지는

* 윌리엄 버틀러 예이츠: 아일랜드 시인 겸 극작가.

모두 없어서는 안 될 것들이다.

첫 접촉은 (부엌일, 벽난로 앞에서 나누는 대화와 같이) 개인적이고 세부적인 것이고, 그다음 접촉은 친밀함의 표현마저 상실할 만큼 (조용히 해변을 거닐기, 머리 위로 쏟아지는 별 바라보기와 같이) 비개인적이고 추상적인 것의 흐름 속에 흠뻑 빠져드는 것이다. 그렇게 두 사람은 흡수하는 동시에 서로를 해방하고, 분리하는 동시에 결합하며 바다의 보편성에 녹아든다. 이것이 성숙한 관계, 고독한 두 사람의 만남이 의미하는 바에 더 가깝지 않을까? 해돋이조개의 단계는 그저 친밀하고 개인적이다. 굴 껍데기 단계의 관계는 한정적이고 기능적이다. 그러나 아르고노트의 단계에 이르면 세부적인 것, 한정적인 것, 기능적인 것에서 출발한 추가 반대편의 추상적이고 보편적인 세상으로 나아갔다가 다시 개인적인 것으로 돌아갈 수 있지 않을까?

그러면 양극단을 부드럽게 오고 가는 추를 바라보며, 인간관계의 문제를 통합적으로 설명할 실마리를 찾을 수 있을지도 모른다. 모든 인간관계의 날개 달린 삶, 이들의 반복적인 변화, 불가피한 단속성을 이해하고 수용하는 데 필요한 일말의 단서가 이 안에 존재하지 않을까? 생텍쥐페리가 말했다.

"정신적인 삶, 참된 삶은 단속적이며 마음으로 사는 삶만이 지속된다 …. 정신적 삶은 완전한 통찰과 절대적 무지 사이를 오간다. 예를 들자면, 여기 자신의 농장을 아끼는 남자가 있다. 그러나 때로는 그 농장이 그저 관련 없는 대상의 집합으로 보이는 순간이 있다. 자기 아내를 사랑하는 남자가 있다. 그러나 때로는 그 사랑이 그저 부담, 장애, 속박으로 느껴진다. 음악을 좋아하는 남자가 있다. 그러나 때로는 음악이 전혀 귀에 들어오지 않는다."

우리의 감정과 인간관계라는 측면에서 본 '참된 삶'도 단속적인 것이다. 누군가를 사랑한다고 할 때에도 상대방을 매순간, 정확히 같은 방식으로, 한결같은 마음으로 사랑할 수는 없다. 그건 불가능하다. 그럴 수 있다고 한다면 그건 거짓말이다. 그러나 우리 대부분은 아직도 이런 사랑을 바란다. 삶도 사랑도 관계도 밀물이 있고 썰물이 있다는 것을 좀처럼 받아들이려 하지 않는다. 밀물이 들어올 때 얼른 뛰어들고 썰물 때가 되면 깜짝 놀라 어떻게든 붙잡아 보려 한다. 빠져나간 물이 다시는 돌아오지 않을까 봐 두렵기 때문이다. 우리는 모든 것이 변하지 않길, 존속하길, 영원히 지속하기를 고집스럽게 바란다.

그러나 사랑처럼 인생도 성장하는 환경에서만 지속 가능하다. 바람처럼 스치고 지나가는 무용수들처럼 유동적인 자유로움 속에서 상대방 역시 이와 같은 패턴으로 움직여야만 가능하다. 참된 안정은 소유나 획득, 요구나 기대, 희망을 통해 얻을 수 있는 게 아니다. 관계에서 안정은 향수에 젖어 지난날을 돌아본다거나 두려움 또는 기대에 부푼 마음으로 앞날을 기다린다고 해서 얻을 수 있는 것도 아니다. 현재의 관계 속에 충실히 살면서 있는 그대로를 받아들여야만 얻을 수 있다. 인간관계 역시 섬과 같은 것이어야 하기 때문이다. 상대방을 지금, 여기 있는 모습 그대로 그리고 그들의 한계까지도 받아들여야 한다. 섬은 바다에 둘러싸여 고립되어 있다는 것을, 꾸준히 파도가 찾아오지만 그런 파도도 이내 떠나간다는 것을 받아들여야 하는 것처럼. 우리는 날개 달린 삶, 밀물과 썰물, 단속성의 안정을 있는 그대로 받아들여야만 한다.

단속성이란 인간이 배우기엔 너무나도 어려운 교훈이다. 어떻게 하면 인생의 썰물을 견디는 법을 배울 수 있을까? 어떻게 해야 파도를 헤치고 나아가는 법을 배울 수 있을까?

숨 막힐 듯 잔잔한 썰물이 인간의 손이 닿지 않는 해수면 아래로 또 다른 생명을 드러내는 여기, 바닷가에 오면 조금 더 수월하게 이를 이해할 수 있다. 긴장의 결정체 같은 이 순간, 바닷속 비밀의 왕국이 눈앞에 펼쳐진다. 첨벙첨벙 격렬한 잔물결을 일으키며 얕은 물가로 걸어 들어가자 거기에 한 발로 몸을 버티고 서 있는 큼직한 고둥과 진창에 박혀 있는 메달처럼 둥근 모양의 희고 매끈한 조개가 있고, 거품 속에서 반짝이는 형형색색의 수많은 백합이 보인다. 조개껍데기들이 열리고 오므라드는 모습이 마치 나비의 날갯짓을 보는 것 같다. 바닷물이 빠진 고요한 시간은 무척 아름답다. 그 모습은 다시 들어오는 바닷물만큼, 만조 때 떠밀려 온 시커먼 해초에 닿아 보려 거세게 해변을 때리며 들어오는 파도만큼이나 아름답다.

이것이 내가 바닷가 생활에서 가지고 돌아갈 가장 소중한 교훈이리라. 모든 밀물과 썰물이, 모든 파도가 그리고 모든 관계가 의미 있다는 이 단순한 가르침. 내가 주운 조개껍데기들도 바다가 내어준 소중한 보물이다. 나는 그것들을 주머니 안에 모두 담아갈 수 있다. 바닷물이 빠지고 들어차기를 영원히 되풀이한다는 사실을 내가 잊지 않도록 그 조개껍데기들이 늘 내 곁에 있을 것이다.

조개 몇 개

이제 섬을 떠날 채비를 한다. 바닷가에서 지내는 동안의 사색과 노력으로 나는 무엇을 얻었는가? 내 삶에 어떤 대답, 어떤 해결책을 찾았는가? 주머니에 조개 몇 개가 들어 있다. 약간의, 아주 약간의 실마리가 되어줄 조개 몇 개.

이곳에 처음 왔을 때 내가 이걸 얼마나 탐욕스럽게 주워 모았는지 생각난다. 틈마다 눅진한 모래가 낀 축축한 조개껍데기로 옷에 달린 모든 주머니가 불룩했다. 바닷가는 아름다운 조개껍데기 천지였고 나는 어느 하나도 그냥 지나칠 수 없었다. 발치에 있을 귀중한 조개를 놓칠세라 두려운 마음에 고개를 들고 바다를 바라보며 걷지도 못했다. 수집가들은 눈가리개를 하고 걷기 때문에 목표물 외에는 아무것도 보지 못한다. 그러나 소유욕은 아름다움을 감상하는 진정한 안목과 양립할 수 없다. 호주머니가 축축하게 젖어 늘어지고, 책장이 가득 차고, 창문 선반까지 뒤덮이자 나는 결국 소유욕을 내려놓기 시작했다. 나는 가지고 있는 것들 중에 몇 개만 남겨두고 나머지를 버리기 시작했다.

바닷가에 있는 아름다운 조개껍데기를 모조리 모을 수는 없다. 그저 몇 개쯤 주울 수 있을 뿐이며, 개수가 적을수록 그 아름다움은 더욱 빛을 더한다. 달고둥은 세 개일 때보다 하나일 때 더 돋보이는 법이다. 하늘에는 오직 하나의 달이 뜬다. 해돋이 조개가 하나일 땐 특별하지만, 여섯 개일 땐 마치 학교에 가야 하는 평일처럼 당연한 게 되어버린다. 결국 가장 완벽한 모양을 갖춘 것만 골라서 남겨두고 나머지는 버린다. 꼭 독특한 모습일 필요는 없다. 각각의 조개를 대표하는 온전한 모양이면 그만이다. 그렇게 남은 조개껍데기들을 하나의 섬처럼 띄엄띄엄 늘어놓는다.

아름다움이 드러나려면 여백이 있어야 하니까. 여백이 있어야 일도 사물도 사람도 자기만의 의미를 갖게 되며, 그래서 더 아름다워진다. 나무는 텅 빈 하늘을 배경으로 바라봐야 뚜렷하게 볼 수 있다. 악보의 선율에도 앞뒤 여백이 있을 때 의미가 더

해진다. 촛불은 밤의 여백 속에서 활짝 피어난다. 아주 작고 사소한 것이라도 여백의 손길이 닿으면 의미를 얻는다. 한쪽 모서리에 그려넣은 추초로 여백의 미를 살리는 동양화처럼.

코네티컷에서의 내 삶에는 이러한 의미가 부족하다는 것을, 그리하여 아름다움도 결여되어 있다는 것을 깨닫기 시작한다. 공간도 시간도 빼곡하게 채워져 있다. 내 일정표에는 비어 있는 칸이 거의 없고, 내 하루에는 비는 시간이 거의 없으며, 내 일상에는 나 홀로 내면을 들여다볼 만한 빈방도 없다. 내 삶에는 활동도 사람도 사물도 너무 많다. 가치 있는 활동, 귀중한 물건, 흥미로운 사람들도 너무나 많다. 비단 사소한 일만이 아니라 중요한 일들이 우리 삶을 어수선하게 만들기도 한다. 아무리 귀중한 보물이라도 지나치게 많으면 넌더리가 날 수 있다. 한두 개면 충분한데 너무 많이 가지면 의미를 잃어버리는 조개껍데기처럼.

이곳, 섬에는 나만의 여백이 있다. 역설적이게도 이 제한된 공간에서 내게 엄청난 여백이 주어졌다. 지리적 경계, 물리적 한계, 통신의 제한 속에서 어쩔 수 없이 해야 했던 선택 덕분이었다. 여기에는 해야 할 활동이나 일, 만나야 할 사람이 많지 않다. 그리고 나는 이 세 가지가 충분한 시간과 공백 속에서 이루어질 때 저마다 중요한 의미를 갖는다는 것을 깨닫는다. 여기에는 시간이 있다. 고요를 즐길 시간, 압박감 없이 일할 시간, 사색할 시간, 눈 하나 깜빡이지 않는 인내심으로 먹이를 기다리는 왜가리를 바라볼 시간. 별을 올려다보거나 조개껍데기를 들여다볼 시간, 친구를 만나 깔깔거리며 수다 떨 시간. 심지어 말하지 않을 시간도 있다. 짬을 내어 친구들을 만났던 예전에는 시간이 너무 아까워 일분일초까지도 대화로 꽉 채워야만 할 것 같았다. 침묵의 사치를 누릴 여유는 없었다. 그러나 이곳 섬에서는 친구와 함께 지평선을 넘어가는 어슴푸레한 빛을 바라보거나 희고 작은 조개껍데기의 소용돌이 무늬를 들여다보거나 휘황찬란한 밤하늘에 별똥별이 긋고 지나간 흔적을 바라보며 그저 말 없이 가만히 앉아 있을 수 있다. 이러한 영혼의 교감을 통해 대화로는 결코 얻을 수 없는 마음의 자양분을 얻는다.

섬에서 지내면 섬이 나를 대신해 많은 것들을 선택한다. 그러나 그것은 인위적인 것이 아니라 자연스러운 선택이다. 그것은 수의 선택이지 종류의 선택이 아니다. 섬에는 아주 다양한 경험이 존재하지만, 너무 많지는 않다. 아주 다양한 사람이 존재하지만, 너무 많지는 않다. 간소한 생활을 실천하려면 지적, 사회적 활동만이 아니라 육체적 활동도 해야만 한다. 자동차가 없는 나는 생필품을 사고 우편물을 부칠 때 자전거를 타고 나간다. 날이 추워지면 벽난로에 태울 만한 표류목을 주워다가 손수 장작을 팬다. 뜨거운 목욕물을 받아 몸을 담그는 대신 바다에 뛰어들어 수영을 한다. 쓰레기를 청소차에 실어 보내는 대신 땅에 파묻는다. 그리고 시를 쓸 수 없을 때 비스킷을 굽는데, 그럴 때면 시를 쓸 때만큼이나 기분이 좋다. 일상이 혼잡하고 일정이 빼곡한 집에서라면 이런 육체 노동 대부분이 귀찮고 부담스러웠을 것이다. 우리 집에는 아이들이 많고, 나는 많은 식구들의 일상을 책임져야 하니까. 그러나 시간이 있고 공간이 있는 섬에서는 육체적 일과도 달가운 기분 전환이 되어준다. 집에서는 좀처럼 느끼지 못했던 방식으로 내 삶의 균형을 잡아준다. 침구 정리를 하거나 차를 몰고 시장에 다녀온다고 해서 수영, 자전거 타기, 땅 파기를 할 때처럼 기분 전환이 되지 않는다. 집에 돌아가면 더는 쓰레기를 땅에 파묻을 수 없겠지만, 정원의 땅을 파는 일 정도는 할 수는 있을 것이다. 통근할 때 자전거를 타는 것 정도는 할 수 있을 것이고, 우울한 날에는 비스킷을 구우면 된다는 걸 생각해낼 수도 있을 것이다.

섬은 나를 대신해 사회적인 선택도 해준다. 섬의 작은 환경은 너무 많은 사람을 수용할 수 없다. 이곳에서 나는 집에서라면 만나지 않았을 사람들을 만난다. 나이 또는 직업의 벽을 사이에 두고 있던 사람들. 대도시의 교외에 살다 보면, 비슷한 연령대와 비슷한 관심사를 나누는 사람들만 만나게 된다. 우리 부부도 필요와 목적이 그들과 비슷했기에 교외를 택했던 것이다. 그러나 섬은 나를 대신해 내가 만날 사람들을 선택해준다. 나와는 전혀 다른 사람들, 충분한 시간과 공간을 가지며 언제나 흥미롭고 풍요롭게 지내온 낯선 사람들을 만나게 해준다. 이곳에서 만난 사람들을 통해 나는 그들이 먼 바다를 건너오면서, 오랜 기차 여행을 하면서, 또는 작은 마을에서 은둔 생활을 하면서 저마다 어떤 경험을 했는지 알게 된다. 수많은 인생 가운데 우연히 같은 시간과 공간에 머물게 된 우리들. 이곳이 아니었더라면 서로 이웃으로 선택할 리 없는 사람들이다. 섬이 우리를 선택한 것이다. 이 섬에 함께 내던져진 우리는 여기서 서로를 이해하려 애쓰고, 그러면서 힘을 얻는다. 대도시 생활이 어려운 건, 우리에게 선택권이 주어졌을 때 (그리고 그토록 혼잡한 환경에서 일하고 숨쉬고 생활하기 위해 선택할 수밖에 없다면) 아주 단조로운 식단을 선택하듯이 자신과 비슷한 사람들을 선택하기 쉽다는 것이다. 누구는 고기 요리 없이 오르 되브르*만 고르고, 또 누구는 채소 요리 없이 디저트류만 고르는 것처럼 말이다. 그러나 우리의 식단이 아무리 제각각일지라도 이것 하나만큼은 분명하다. 우리는 보통 익숙한 것을 고르지 낯선 것을 택하지는 않는다는 사실이다. 당황스럽거나 실망하거나 다루기 까다로울지 모른다는 이유로 잘 모르는 것을 선택하려고 하지 않는다. 그러나 당황과 실망을 안겨주는 그 모든 것들이야말로 우리의 경험을 가장 풍요롭게 만들어준다.

　여러모로 이 섬은 나로 하여금 집에 있을 때보다 훨씬 더 나은 선택을 하게 해주었다. 집으로 돌아가면 나는 또다시 곁가지 활동만이 아니라 지나친 중심 활동에 파묻히게 되고 말까? 뿌리쳐야 할 유혹만이 아니라 잡아야 할 것 같은 좋은 기회가 너무 많아서? 따분한 사람들뿐만 아니라 흥미로운 사람들이 너무 많아서? 세상의 다양성은 그릇된 가치로 또다시 나를 혼란에

---

*　식욕을 돋우기 위해 식사 전에 나오는 간단한 요리.

빠뜨릴 것이다. 가치는 질이 아닌 양에 있는 거라고, 고요가 아니라 속도에 있는 거라고, 침묵이 아니라 소음에, 생각이 아니라 말 속에, 아름다움이 아니라 탐욕 속에 있는 거라고 소리칠 것이다. 이러한 맹공격에 나는 어떻게 맞서야 할까? 나를 갈기 갈기 찢어 놓으려는 긴장과 압박 속에서 어떻게 하면 온전히 남을 수 있을까?

섬이 나를 대신해서 해주었던 자연스러운 선택을 익힐 수 있도록 나도 (여기서 더 명확히 인식하게 된) 가치관에 기초하여 의식적으로 선택해야 할 것이다. 그래도 된다면 나는 이것을 섬이 준 교훈이라고, 또 다른 삶의 방식을 제시해준 이정표라고 부르고 싶다. 삶의 진정한 깨달음을 유지하기 위한 최대한의 삶의 간소화. 육체적, 지적, 정신적 생활의 균형. 압박감 없이 하는 일. 의미와 아름다움을 느낄 여유. 고독과 공유를 위한 시간. 정신적 생활, 창조적인 생활, 인간관계의 단속성에 대한 이해와 믿음을 강화하기 위한 자연과의 접촉. 그리고 조개 몇 개.

섬 생활은 미국 북부에서의 내 삶을 들여다보는 렌즈가 되어주었다. 집으로 돌아갈 때 반드시 이 렌즈를 가지고 가야 한다. 휴가지에서 얻은 비전은 조금씩 조금씩 흐려지기 때문이다.

섬의 눈으로 세상을 바라봐야 한다는 사실을 잊어서는 안 된다. 조개껍데기들이 이를 상기시켜줄 것이다. 조개껍데기들은 내 섬의 눈이 되어줄 것이다.

바다를 떠나며

나는 이제 밀짚 가방을 집어 든다. 발밑에서 모래가 부드럽게 뭉개진다. 묵상의 시간이 어느덧 끝나간다.

드러나는 생활의 간소함과 내면의 고결함 그리고 더욱 충만한 관계를 추구하는 것. 이 모든 것들도 결국 편협한 시각이 아닐까? 물론 어떤 의미에서는 그렇다. 세계적인 관점이라는 것은 오늘날 느닷없이 인류 앞에 나타났다. 세계는 우르르 쾅쾅 구르고 터지며 우리를 둘러싼 채 끝없이 확장하는 원을 그려 나간다. 가장 먼 바깥쪽의 원에서 발생하는 긴장, 갈등, 고통도 모두 우리에게 도달하여 영향을 미친다. 우리는 이 진동을 피할 길이 없다.

그러나 이 같은 세계적 관점을 우리가 얼마나 받아들이고 어디까지 실행할 수 있을 것인가? 오늘날의 세계는 우리에게 모든 인류를 향해 연민을 느끼라고 요구한다. 우리에게 모든 출판물에 담긴 정보를 지적으로 소화하라고 요구한다. 그리하여 가슴과 머리에 생겨나는 모든 윤리적 충동을 행동으로 옮기라고 촉구한다. 오늘날의 세계는 우리의 가슴이 받아들일 수 있는 것보다 더 많은 사람들과 우리를 연결하려 든다. 아니, (나는 인간의 가슴이 무한히 크다고 믿지만) 현대의 통신 기술이 인간으로서 떠안을 수 있는 정도 이상의 문제를 쏟아내는 것일 수도 있겠다. 감성, 지성, 상상력을 키우는 건 좋지만, 인간의 육체와 신경, 인내심, 수명 같은 것들은 그렇게 탄력적이지 않다. 살면서 내 마음을 동하게 하는 모든 사람의 요구를 실천에 옮길 수는 없지 않은가. 그들 모두와 결혼할 수도 없고, 내 자식처럼 돌볼 수도 없으며, 늙고 병든 부모를 모시듯 보살필 수도 없는 노릇이다. 우리 할머니들이나 어머니들은 마음에 찾아드는 연민을 빠짐없이 베풀 수 있을 만큼 작은 사회에서 살았다. 그러나 시간과 공간이 확장된 넓은 사회에서 살고 있는 우리는 더 이상 그럴 수 없는 처지다.

이런 딜레마 속에서 우리가 할 수 있는 일은 무엇인가? 어떻게 하면 우리의 세계관과 청교도 정신 사이에서 균형을 이룰 수 있을까? 결국 어느 정도는 타협이 필요하다. 수많은 사람을 일일이 대응할 수 없으므로 때로는 그 다수를 대중이라는 추상적 개념으로 단순화할 수밖에 없다. 우리는 현재의 복잡함을 감당할 수 없기 때문에 현재를 무시하고 미래의 단순한 꿈 속에서 살아가려 한다. 우리는 집 안에 존재하는 자신의 문제를 지금 당장 해결하지 못하기 때문에 바깥에 존재하는 세상의 문제에 대해 이야기한다. 우리가 스스로 짊어진, 견딜 수 없는 부담에서 벗어나기 위해 현실 도피가 시작된다. 그러나 대중이라고 부르는 추상적인 개념을 정말로 마음 깊이 느낄 수 있을까? 그리고 현실을 무시하고서 어떻게 더 나은 미래가 펼쳐질 것이라고 보장할 수 있을까? 자신의 문제조차 해결하지 못하는 사람이 세상의 문제를 해결할 수 있을까? 이 과정에서 우리는 어디쯤 와 있는가? 핵심에 다가가지 못한 채 주변만 돌면서 과연 성공적이라고 할 만한 결과를 얻은 적이 있는가?

잠시 생각해보자. 여기, 지금, 개인, 인간관계처럼 내가 지금껏 이야기해 온 핵심들이야말로 현대 사회의 진정한 피해자가 아닐까? 현재는 미래를 향한 경쟁에서 뒤처지고, 여기는 저기에 밀려 소외당하고, 개인은 대중이라는 횡포에 위축된다.

미국은 오늘날 세계에서 가장 찬란한 현재를 누리면서도 미래를 향한 끝 모르는 욕심 때문에 현재를 좀처럼 즐기지 못한다. 역사학자나 사회학자, 철학자들은 개척자 정신 덕분에 여전히 우리가 앞서나가고 있으며, 여전히 개척자의 압박감이나 '다음 일을 해야 한다'라는 청교도적 불안을 연료 삼아 앞으로 나아가고 있는 거라고 말할지도 모르겠다. 그러나 우리 생각에는 여전히 과거에 연연하고 있는 것 같은 유럽은 지난 전쟁(2차 세계대전) 이후 참 희한하게도 현재에 대한 올바른 인식을 새롭게 받아들이고 있다. 좋았던 과거는 너무나 멀어졌고, 가까운 과거는 너무도 끔찍하며, 미래는 참으로 위험하다. 지금, 여기를 장밋빛 영원으로 확장할 기회는 오로지 현재에만 존재한다. 오늘날 유럽인들은 노천 카페에 앉아 블랙커피를 마시거나 일요일 오후 시골길을 걷는 것 정도라 할지라도 그렇게 주어진 지금 이 순간을 즐기고 있다.

어쩌면 우리는 실질적인 위협에 맞닥뜨리기 전까지는 여기, 지금의 의미를 제대로 이해하지 못할 것이다. 그리고 오늘날 미국에서조차 여기와 지금의 중요성이 위협받기 시작했다. 우리 시대에 있었던 (산업이든 전쟁이든 사상 및 행동의 획일화든 간에) 대중을 위해 개성을 포기하라는 위협과 유혹 속에서 우리는 개인의 존엄에 대한 새로운 인식이 필요하다는 사실을 이미 깨닫지 않았던가? 이제는 지금, 여기, 개인의 참된 가치를 제대로 인식해야 할 때가 되었다.

지금, 여기, 개인은 항상 성인, 예술가, 시인 그리고 (태곳적부터) 여성의 특별한 관심사였다. 가정이라는 작은 테두리에서 여성은 식구들 하나하나의 개성을, 지금이라는 즉흥을, 여기라는 생생함을 한순간도 잊지 않았다. 이것이 기본적인 삶의 본질이다. 그 안에 대중, 미래, 세계와 같이 더 큰 개체를 구성하는 개별적 요소가 존재한다. 이러한 요소를 뒷전으로 미룰 수는 있으나 그 필요성을 없앨 수는 없다. 강을 이루는 물방울처럼 생명의 본질 그 자체이기 때문이다. 더 큰 책임감으로부터 후퇴하는 것이 아니라 더 깊은 이해와 해결책을 찾기 위해 첫걸음을 내딛는 것, 방치되어 있는 이러한 현실을 다시 한 번 강조하는 것이야말로 우리 여성들에게 주어진 특별한 사명일지도 모른다. 자신의 중심에서 출발해야만 어떤 중요한 것이 외곽으로 퍼져 나가는지 발견할 수 있다. 그래야 지금의 기쁨을, 여기의 평화를, 나와 그대 안의 사랑을 되찾을 수 있다. 그리고 바로 그것들이

지상에 천국을 만든다.

등 뒤에서 파도 소리가 메아리친다. 인내, 신념, 정직. 이는 바다의 가르침이다. 간소화, 고독, 단속성…. 그러나 나는 여기 말고 다른 바닷가에도 가봐야 한다. 찾아야 할 조개들도 아직 너무 많다. 이것은 그저 시작일 뿐이다.

Epilogue

집안을 돌보느라 한참 바빴던 이십 년 전에 출간한 이 책을 바라보면 무엇보다 놀랍다는 감정이 앞선다. 나 자신의 문제를 해결해보려 썼던 에세이가 수많은 여성의 공감을 얻는 걸 보고 느꼈던 당시의 놀라움은 세월이 지나도 옅어지지 않는다.

여성이 지금과 같은 승리(요샛말로는 '해방'이지만, 내가 말한 건 '승리'였다)를 이루어낸 것은 대부분 우리 어머니 세대 페미니스트들의 노력 덕분이라고 했던 내 무지한 추측을 다시 들추어 보자니 부끄러움에 또 한 번 놀란다. 시간이 흘러 겸손한 눈으로 다시 보니, 그동안 대단한 승리가 얼마나 많이 이루어졌는지, 또 지금도 이루어지고 있는지 깨닫는다.

그리고 마지막으로, 새로운 발전에 어리둥절하다. 오랜 세월이 흐른 뒤에 또 여성의 훌륭한 업적이 쌓인 이후에도 계속해서 이 책이 읽혀야 할 것이다.

이십 년이라는 격동의 세월을 겪은 이후로도 새로운 세대의 여성들이 어떻게『바다의 선물』에서 의미를 찾을 수 있었을까? 지난날을 돌아보면 기함의 연속이었다. 이십 년 동안 우리는 대통령을 네 번 뽑았고, 그중 한 사람은 암살로 떠나보냈다. 양심을 불사르는 지난한 전쟁의 비극과 씨름했다. 인간이 달 표면을 걷는 모습을 지켜봤다. 우리는 여전히 전 세계에 영향을 미치는 정치·경제적 동요에 흔들렸다. 우리 모두는 혁명적인 사회 운동에 휩쓸려 왔고, 대부분은 여전히 진행 중이라 대중적 이름으로 완전히 정의되지 않았다. 그중에서 가장 중요한 사회 운동이 무엇이냐 묻는다면 나는 시민권 운동, 반체제 문화, 여성 해방, 환경 위기를 꼽겠다. (여성이라는 이름이 붙지 않는 세 가지 사회 운동에서 여성이 중요한 역할을 맡았다는 사실은 굉장히 흥미롭다.)

이십 년 사이에 세상은 전혀 다른 곳이 되었고, 그러는 동안 나를 포함한 우리 모두의 삶도 물론 달라졌다.『바다의 선물』을 쓸 때 나는 식구가 늘어나고 자녀들이 성장하는 시기인 '굴' 껍데기의 단계에 있었다. 인생의 물결이 썰물처럼 빠져나가고 아이들은 학교로, 새로운 가정으로, 직장으로 떠나자 내 굴밭은

휑뎅그렁하게 남아버렸다. 그러자 이 책에서는 전혀 다루지 않았던, 아주 불편한 단계가 이어졌다. 암울하지만 솔직히 말해서 그 단계는 '버려진 껍데기'라고밖에는 표현할 길이 없다. 이 시기의 특징은 엄청난 고독이 밀려온다는 것, 그리고 그 고독을 무엇으로 채워야 할지 몰라 너무나도 당황스럽다는 것이다. 내 경우에는 그저 단순히 시간이나 공간을 채우는 문제가 아니었다.

버려진 껍데기의 단계에 이르렀을 때 모든 여성은 일찍이 행했던 내적, 외적 탐구가 결실을 맺는다. 사람은 새로운 삶의 단계뿐만 아니라 새로운 역할을 맞이할 때 자기 자신을 받아들이는 법을 배워야만 한다. 맨 처음 자녀 없는 삶, 자신을 위해 사는 삶이라는 표현을 할 때에는 그저 공허한 울림만 퍼져 나간다.

그러나 노력과 인내가 있으면, 또 공감해주고 지지해주는 이가 있으면, 이내 어려움을 헤쳐내고 '아르고노트' 단계의 모험이 시작된다. 남편과 나는 마우이 섬에 있던 우리의 마지막 집에 아예 '아르고노트'라는 이름을 붙여주기까지 했다. 내 경우에는, 남편이 세상을 떠나는 바람에 아르고노트의 단계가 너무 짧게 끝나고 말았다. 이제 나는 반복되는 교훈을 다시금 마주한다. 앞서 했던 말대로 "여성은 혼자 힘으로 성년이 되어야 하며, 자신의 참된 중심을 반드시 홀로 찾아야 한다." 모든 여성이 이 교훈을 이십 년 주기로 되새길 필요가 있는 것 같다.

그렇다면 할머니이자 과부인 내가 굴밭 단계에 있는 지금 시대의 여성들에게 무엇을 줄 수 있을까? 무엇보다 칭찬이다. 딸들, 며느리들, 조카들, 또 나보다 어린 친구들이 그동안 이루어낸 것을 볼 때마다 나는 깜짝깜짝 놀란다. 이들은 나보다 더 좋은 어머니들이다. 또 남편들과 동등한 지성과 자주성을 갖추었다고 인정받는 여성들이다. 가사 도우미의 '도움' 없이도 이들은 풍요로운 삶을 꾸리는 동시에 자신의 특별한 관심사도 개발해 나간다. 빈틈없는 계획, 곡예 부리는 것과 같은 능숙함, 이전 세대와 비교할 수 없는 남편의 적극적인 도움 덕분이다. 오늘날의 여성들은 일이나 공부를 하러 밖으로 나가고, 글을 쓰거나 가르치고, 뜨개질을 하거나 그림을 그리고, 삼삼오오 모여 음악을 연주한다. 시민 운동에 참여하는 일도 많다. 그리고 이런 일들을 동시에 하기도 한다.

이들이 행복할까? 아니, 우리 세대 여성들보다 더 행복할까? 이는 내가 대답할 수 없는 질문이다. 서로 무관한 문제 같기도 하다. 이들이 우리보다 더 정직하다고, 더 용감하게 자기 자신과 삶을 마주한다고, 하고 싶은 일을 더 자신 있게 실천한다고, 더 효율적으로 목표를 성취해 나간다고 나는 주저없이 말할 수 있다. 그리고 무엇보다도 이들은 우리보다 훨씬 더 깨어 있다.

남성에게나 여성에게나 지난 이십 년을 통틀어 가장 큰 진보는 아마도 의식의 성장일 것이다. 앞서 언급한 일련의 대중 운동은 사실 의식의 확장이라고 표현하는 편이 더 바람직할 수도 있겠다. 인종과 신념, 계급, 성별에 관계없이 개인의 존엄과 권리를 새롭게 인식하는 것. 서구 세계의 물질주의적 가치에 의문을 갖고 이를 새롭게 인식하는 것. 우주 속 우리의 위치 그리고 지구상의 모든 생명체의 상호 연관성을 새롭게 인식하는 것.

여성이 이러한 새로운 인식을 얻게 된 것은 대부분 여성 해방 운동 덕분이다. 대중 매체를 통해 엄청난 수의 청중은 깨달음을 얻었다. 대담, 프로그램, 강의, 기사 등 여러 매체에서 여성 및 그들의 삶을 주제로 다루었다. 또 플로리다 스콧 맥스웰Florida Scott Maxwell, 아나이스 닌Anais Nin, 시몬 드 보부아르

Simone de Beauvoir, 도리스 레싱 Doris Lessing을 비롯해 미국의 엘리자베스 제인웨이 Elizabeth Janeway, 메이 사튼 May Sarton 등 뛰어난 작가들의 선구적인 문학 작품을 통해 그동안 깊숙이 묻혀 있었던, 여성의 정서적 삶이라는 새로운 영역이 열렸다. 그러나 여성의 삶이라는 '영역이 성장한' 데에는 다양한 규모와 크기로 진행된 여성 토론회가 우후죽순 퍼져 나간 덕이 클 것이다. 여성들은 단순히 부엌이나 육아실에서 또는 뒷마당 담장 너머로 사적인 대화만 나누는 게 아니다. 수 세기에 걸쳐 그래왔듯이 여성은 공공 단체에서도 대화를 나눈다. 자신이 겪는 문제를 알리고, 그러면서 자기 자신을 발견하고, 서로 경험을 비교한다. 여기서 더 중요한 것은, 이들이 남성들에게 공개적인 자리에서 정직하게 말하기 시작했다는 사실, 언쟁이 벌어지는 등 어려운 상황이 생길 때도 많지만 마침내 자신이 설명할 수 없다고 느꼈던 것들을 설명하려고 노력하기 시작했다는 사실이다. 옛날에는 여성이라는 장막 뒤로 숨는 일이 더 흔했다. "당신이 이해하지 못한다면 나는 당신에게 말할 수 없어요." (상대방이 이해하지 못하리라고 가정하는 건 얼마나 오만한 일인가!) 그리고 남자들 대부분은 우리가 생각하는 것보다 훨씬 더 많이 듣고 더 많이 이해하고 있다고 나는 믿는다.

이처럼 새롭게 인식하고 실천하는 일 대부분은 남성과 여성 모두에게 불편하고 고통이 따른다. 인식이 향상하는 과정은 언제나 고통스러웠다. (자신의 사춘기를 되짚어 보거나 사춘기 자녀의 모습을 보면 이해가 쉬울 것이다.) 그러나 이 고통을 통해 우리는 훨씬 더 큰 독립을 얻고, 서로 협력하게 될 것이다. 오늘날 세계가 직면한 엄청난 문제들은 그것이 사적 영역이든 공적 영역이든 간에 여성 또는 남성의 힘만으로는 해결할 수 없기 때문이다. 오로지 남성과 여성이 힘을 합쳐야만 극복할 수 있다.

바다의 선물

초판 1쇄 2022년 3월 22일

지은이 | 앤 모로 린드버그
옮긴이 | 김보람

펴낸이 | 이나영
펴낸곳 | 북포레스트
등록 | 제406-2018-000143호
주소 | (10871) 경기도 파주시 가재울로 96
전화 | (031) 941-1333
팩스 | (031) 941-1335
메일 | bookforest_@naver.com
인스타그램 | @_bookforest_
디자인 | 팥팥

ISBN 979-11-92025-03-2 03840